Compromiso entre

enemigos

Kathie DeNosky

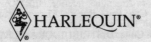

HARLEQUIN®

Editado por HARLEQUIN IBÉRICA, S.A.
Hermosilla, 21
28001 Madrid

I.S.B.N.: 84-671-4369-X
Depósito legal: B-39451-2006
Editor responsable: Luis Pugni
Composición: M.T. Color & Diseño, S.L.
C/. Colquide, 6 portal 2 - 3º H, 28230 Las Rozas (Madrid)
Fotomecánica: PREIMPRESIÓN 2000
C/. Algorta, 33. 28019 Madrid
Impresión y encuadernación: LITOGRAFÍA ROSÉS, S.A.
C/. Energía, 11. 08850 Gavá (Barcelona)
Fecha impresion para Argentina: 2.4.07
Distribuidor exclusivo para España: LOGISTA
Distribuidor para México: CODIPLYRSA
Distribuidores para Argentina: interior, BERTRAN, S.A.C. Vélez
Sársfield, 1950. Cap. Fed./ Buenos Aires y Gran Buenos Aires,
VACCARO SÁNCHEZ y Cía, S.A.
Distribuidor para Chile: DISTRIBUIDORA ALFA, S.A.

Prólogo

Caleb Walker estaba sentado a una mesa en la esquina del hotel de un bar de Wichita, Kansas, mirando a los dos hombres que tenía enfrente. Ni siquiera que la rubia camarera le hubiera sonreído después de un siglo sin sexo podía apartar la atención de lo que tenía entre manos.

Durante toda su vida había sido un hombre sin hermanos. Ni siquiera sabía quién era su padre. Pero una hora antes, en una elegante oficina del cuartel general de Emerald, S.A., todo eso había cambiado. Caleb había descubierto que su padre no era otro que el play boy y heredero del imperio Emerald, Owen Larson. El difunto Owen Larson.

Ahora tenía que acostumbrarse a la idea de que no sólo sabía quién era su padre, sino que ese hombre había muerto en un accidente marítimo en la costa francesa antes de que pudiese echarle en cara haber dejado embarazada a su madre y haberla abandonado después sin decir adiós.

También supo que su abuela era la indomable Emerald Larson y que los dos hombres que estaban sentados frente a él eran sus hermanastros.

–No puedo creer que esa vieja loca haya estado vigilándonos toda la vida –suspiró Hunter O'Banyon–. Lo sabía todo sobre nosotros y no ha hecho nada hasta ahora.

–Esa vieja loca es nuestra abuela. Y yo diría que sí ha hecho algo –Nick Daniels tomó un trago de cereza y dejó la botella sobre la mesa con un golpe–. Para contratar a una legión de detectives que la informaban de todos nuestros movimientos desde que íbamos a la guardería y no decirnos nada hay que tener pelotas.

–Del tamaño de melones –asintió Caleb.

Seguía sintiendo un pellizco en el estómago al pensar que Emerald Larson, fundadora y presidenta de una de las multinacionales más prestigiosas del país, les había negado todos sus derechos desde su nacimiento.

–Y chantajear a nuestras madres amenazando con dejarnos fuera del testamento para que no dijeran nada sobre el canalla de su hijo... –Caleb sacudió la cabeza, incrédulo–. Desde luego, la vieja es una manipuladora de órdago.

Nick asintió.

–Pero entiendo que nuestras madres le siguieran el juego. Esperaban que algún día heredásemos lo que nos correspondía... aunque han pagado un precio muy alto por ello.

–Yo paso de heredar nada –Hunter negó con la cabeza–. No pienso bailar al son que toque la vieja.

–¿Vas a rechazar la oferta? –preguntó Caleb.

Si aceptaban las condiciones de Emerald Larson, cada uno dirigiría una de las empresas de la multinacional. Ella les había asegurado que no había ninguna trampa y que no se metería en cómo dirigían el negocio, pero Caleb no era tan tonto como para creerla. Y, aparentemente, sus hermanastros tampoco.

–Yo llevo cinco años sin volar en helicóptero –murmuró Hunter, apretando los labios–. ¿Qué voy a hacer dirigiendo una empresa de servicios médicos de evacuación?

–Bueno, eso es más normal que enviar a un jockey a dirigir un rancho en Wyoming –replicó Nick–. Llevo doce años viviendo en un dúplex en Saint Louis y lo único que sé del ganado es lo que he visto en televisión.

Caleb estaba de acuerdo. Lo que Emerald Larson les pedía era absurdo. Él había hecho un curso de dirección de empresas en el instituto... siglos atrás. Y no le apetecía nada hacer el ridículo.

–¿Y cómo creéis que me siento yo? Soy un granjero de Tennessee con un simple diploma de bachiller. A Emerald no se le podría haber ocurrido nada más ridículo que pedirme que dirija una asesoría financiera.

Hunter tomó unas almendras.

–Estoy seguro de que la vieja se guarda un

as en la manga. No va a regalarnos Emerald, S.A. así porque sí después de tantos años.

–Desde luego que no –asintió Nick.

Caleb no sabía lo que Emerald Larson tenía en mente, pero estaba seguro de que había elegido cada negocio con algún propósito.

–Yo creo que quiere demostrar algo.

–¿Qué? ¿Que no sabemos lo que hacemos?

–No tengo ni idea. Pero estoy seguro de que Emerald Larson no hace las cosas a lo tonto –Caleb se encogió de hombros mientras tomaba un trago de cerveza–. En mi opinión, tenemos dos opciones. O le decimos que no y, de ese modo, los sacrificios que hicieron nuestras madres no servirán de nada o aceptamos su oferta y le demostramos que, a pesar de tantos detectives, no tiene ni idea de quiénes somos o para qué valemos.

Hunter asintió, pensativo.

–Me gusta la idea de darle en las narices a la altiva señora Larson.

–Quedará como una idiota cuando se dé cuenta de que nos ha metido en algo que no controlamos –dijo Nick.

–Pero si lo hacemos, tenemos que esforzarnos al máximo –Caleb se levantó y dejó un par de billetes sobre la mesa–. Yo no hago las cosas a medias.

–Yo tampoco –dijeron los otros dos al unísono mientras se levantaban para pagar sus consumiciones.

–Entonces, supongo que lo único que queda por hacer es darle nuestra respuesta a Emerald –Caleb tenía la impresión de que estaba a punto de subirse a la cuerda floja... sin red.

Pero mientras se dirigían a las oficinas de Emerald, S.A. no podía evitar sentir cierta nerviosa anticipación. Siempre le habían gustado los retos. Y, por increíble que pareciera, estaba deseando dirigir Skerritt y Crowe, Asesores Financieros.

Lo único que lamentaba era no tener la formación necesaria para hacer bien su trabajo.

Capítulo Uno

Mientras se acercaba a la recepción de Skerritt y Crowe, Asesores Financieros, Caleb probó la sonrisa que había ensayado frente al espejo durante los últimos días.

–Vengo a ver a A. J. Merrick.

–¿Tiene una cita? –preguntó la recepcionista, una mujer bajita de pelo gris.

Caleb se dirigió hacia la puerta del despacho.

–Soy Caleb Walker –contestó, con un guiño–. Creo que Merrick está esperándome.

–Un momento, señor Walton... –la recepcionista se levantó como una bala.

–Walker.

Caleb arrugó el ceño. ¿Merrick no le había dicho a los empleados que él era el nuevo director general?

La mujer se encogió de hombros.

–Walker, Walton, me da igual. No va a entrar ahí si no tiene cita.

Aparentemente, nadie la había informado de nada.

–Mire una cosa... –Caleb miró el nombre en la plaquita que había sobre la mesa– Geneva. Después de hablar con su jefe, le prometo volver para presentarme.

–Mi *jefe* está muy ocupado y no quiere que le molesten –replicó Geneva, señalando un grupo de sillas pegadas a la pared–. Por favor, siéntese. Voy a ver si puede recibirlo.

Caleb medía un metro noventa y le sacaba dos cabezas a la oronda recepcionista, pero ella no parecía en absoluto intimidada. Por su expresión, parecía tan decidida a evitar que entrase en la oficina como él a entrar.

Caleb tuvo que hacer un esfuerzo para no reírse. Geneva le recordaba a una vieja gallina que solía tener su padre, toda hinchada, con las plumas cada una por un lado. Y, a juzgar por su expresión beligerante, no tenía dudas de que iba a dejarlo allí sentado hasta que las ranas criasen pelo.

–No hace falta que te molestes, Geneva –riendo, Caleb empujó la puerta con la plaquita de A.J. Merrick–. De verdad, Merrick querrá verme enseguida.

–Voy a llamar a los de seguridad –replicó la secretaria, furiosa.

–Hazlo. También me gustaría conocerlos.

–Pues va a conocerlos, listillo –prometió ella, levantando el auricular.

Sin esperar más, Caleb entró en la espaciosa oficina e inmediatamente vio a una joven sentada tras un enorme escritorio de nogal, frente a una pared enteramente de cristal.

Con el pelo castaño rojizo sujeto en un moño del que su abuela habría estado orgullosa y unas gafas de pasta negra, parecía más la directora de una de esas elegantes escuelas de señoritas de Nashville que una secretaria ejecutiva. Y, a juzgar por su expresión severa, debía de ser igual de estricta con las reglas.

Pero mientras se acercaba le pareció ver en sus ojos un brillo de inseguridad, una vulnerabilidad que, considerando la imagen dura que intentaba proyectar, no había esperado.

–Perdone. Estoy buscando a A.J. Merrick.

–¿Tiene negocios con nosotros? –preguntó ella con voz helada.

Cuando se colocó las gafas sobre el puente de la nariz Caleb se fijó en sus brillantes ojos azules. La fría mirada de esos ojos azules habría detenido a un hombre menos decidido, pero no detuvo a Caleb. Todo lo contrario. No sabía por qué, pero por alguna razón le parecía encontrar algo intrigante en su intensa mirada.

–Yo...

–Si está buscando el departamento de personal, está al final del pasillo –lo interrumpió ella antes de que Caleb pudiera presentarse–. ¿La señora Wallace no estaba en su mesa?

El tono helado no podía enmascarar del todo la suave y melódica voz, una voz que parecía poner sus hormonas en alerta roja.

Preguntándose qué demonios le pasaba, Caleb decidió que el problema era que no había estado con una mujer en casi un año. Eso solo era suficiente para que un hombre adulto se pusiera nervioso. Y también hacía que se fijara en una mujer, cualquier mujer, que estuviera cerca.

Satisfecho por haber encontrado una explicación para su interés por aquella antipática secretaria, Caleb señaló por encima de su hombro.

–Que yo sepa, Geneva sigue ahí. Aunque no sé si habrá roto un dedo marcando el número de seguridad.

–Me alegro.

–¿De que se haya roto un dedo? ¿O de que haya llamado a los de seguridad?

–No quería decir... –la joven se detuvo un momento, como si la hubiera pillado desprevenida–. Me alegro de que Geneva haya llamado a los de seguridad, por supuesto.

–Bueno, tranquilícese. La vida es demasiado corta para ponerse tan seria.

La secretaria se levantó y rodeó el escritorio, su expresión de todo menos amable.

–No sé quién cree que es usted o por qué está aquí, pero puede marcharse por donde ha venido...

Un estruendo en la puerta interrumpió la frase.

–¡Ése es!

Caleb miró por encima del hombro y vio a

11

la recepcionista entrar en la oficina con expresión desafiante. Dos guardias de mediana edad y más que mediana barriga la seguían.

–Veo que has llamado a los de seguridad, Geneva –Caleb miró su reloj e hizo un gesto de aprobación–. No está mal, menos de cinco minutos. Pero yo creo que podría mejorarse, ¿no?

Geneva lo miró de arriba abajo y luego se volvió hacia la mujer de los ojos azul cielo.

–Lo siento, señorita Merrick. Le he dicho que no podía pasar, pero no me ha hecho caso.

Caleb levantó una ceja.

¿Ella era A.J. Merrick?

Interesante. Desde luego, no era lo que él había esperado. Emerald lo había hecho creer que Merrick era un hombre de mediana edad, no una mujer de veintitantos años con unos ojos increíbles.

Mientras se miraban el uno al otro como oponentes en un cuadrilátero, su marginada libido notó que A.J. Merrick no iba vestida como otras chicas de su edad. En lugar de un vestido ajustado que marcase sus curvas, llevaba un traje de chaqueta negro que le quedaba ancho por todas partes. Pero, a juzgar por sus delicadas manos, su largo y delgado cuello y lo que podía ver de sus torneadas piernas, aquella chica escondía un cuerpazo debajo de lo que no podía describirse más que como un saco.

–No pasa nada, señora Wallace –la señorita

12

Merrick sonrió y esa sonrisa hizo que la temperatura de la habitación aumentase varios grados–. Supongo que ahora entenderá que solicitar un puesto de trabajo en Skerritt y Crowe sería una pérdida de tiempo para los dos –le dijo, volviéndose luego hacia los guardias–. Por favor, acompañen al señor a la calle.

–Eso es muy poco amistoso por su parte –replicó Caleb, sacudiendo la cabeza.

Los guardias lo sujetaron torpemente por los brazos e intentaron empujarlo hacia el pasillo. Y Caleb decidió que necesitaban entrenamiento. De haber querido, se habría soltado sin mover un dedo.

–No tengo por qué ser amistosa con los intrusos.

–No estoy aquí para solicitar un puesto de trabajo. Ya trabajo aquí –dijo Caleb entonces.

–¿Ah, sí? –la señorita Merrick inclinó a un lado la cabeza con gesto de curiosidad–. Como soy yo quien entrevista a los nuevos empleados, ¿le importaría refrescar mi memoria?

–Conseguí el puesto hace una semana y pienso trabajar en el despacho que hay al lado del suyo –riendo, Caleb decidió que iba a pasarlo bien peleándose con la señorita Merrick–. Me llamo Caleb Walker.

Enseguida se dio cuenta por la expresión de aquellos ojos azul cielo tras las ridículas gafas que su respuesta no era la que ella había esperado. Pero enseguida recuperó la compostura.

–Señor Norton, señor Clay, por favor suelten al señor Walker inmediatamente.

–Pero señorita Merrick...

–He dicho que lo suelten –repitió ella–. El señor Walker es el nuevo director general de Skerritt y Crowe.

Caleb oyó el gemido de Geneva y, al mismo tiempo, los dos guardias lo soltaron como si se hubieran quemado.

–Lo siento, señor Walker –se disculpó uno de ellos, intentando estirarle la camisa.

Todos se quedaron en silencio durante unos segundos mientras Caleb miraba a la mujer que tenía delante. En cierto sentido, le recordaba a otra mujer y a otro tiempo...

Pero había aprendido mucho desde entonces. Ya no era un ingenuo chico de pueblo con locos sueños y un corazón confiado. Ahora era un hombre hecho y derecho que había aprendido bien la lección.

–Les agradecería que nos dejaran unos minutos a solas –dijo Caleb sin dejar de mirarla. Cuando oyó que la puerta se cerraba tras él, sonrió–. ¿Podemos empezar otra vez? Soy Caleb Walker. Encantado de conocerla, señorita Merrick.

Cuando ella, vacilante, apretó su mano, el suave roce de su palma le hizo sentir un escalofrío. Y, aparentemente, ella sintió lo mismo porque apartó la mano a toda velocidad. Caleb tuvo que contener una risita.

–Sé que llego antes de lo que esperaba, pero ¿no cree que hubiera sido buena idea informar a los empleados sobre mí? Después de todo, Emerald Larson la llamó hace varios días para decirle que vendría a finales de semana.

–La señora Larson me dijo que vendría el viernes.

–Sólo he venido con un día de antelación –contestó él, respirando un poco mejor cuando A.J. no se refirió a Emerald como su abuela.

Le había pedido que no mencionara el parentesco cuando llamase a Skerritt y Crowe y, aparentemente, Emerald había respetado sus deseos. No necesitaba el prejuicio añadido de ser el nieto de la propietaria cuando se hiciera cargo de la empresa.

Una empresa de la que no sabía nada, además.

–Era mi intención presentarle a todo el mundo mañana, en la reunión del consejo –dijo Merrick.

–Bueno, pues creo que me he cargado la sorpresa. Seguro que Geneva y sus dos compinches están contándoselo a todo el mundo.

Para su asombro, ella no sonrió siquiera.

–Sí, supongo que sí.

Su serenidad hizo que Caleb se preguntase si A.J. perdía el control alguna vez. Algo le decía que eso no ocurría a menudo. Pero también intuía que cuando se soltase el pelo sería tremendo.

Lo que no entendía era por qué quería él estar allí cuando ocurriera.

A.J. señaló uno de los sillones tapizados en piel granate frente al escritorio.

–Por favor, siéntese, señor Walker.

Caleb se sentó y la observó mientras rodeaba el escritorio.

–Como vamos a trabajar juntos, ¿por qué no dejamos a un lado las formalidades? Llámame Caleb.

–Prefiero no hacerlo, señor Walker –contestó ella, colocando unos papeles.

–¿Por qué no?

No le sorprendía su insistencia en que siguieran con las formalidades, lo que lo sorprendía era su propia insistencia en hacer que A.J. bajara la guardia.

–Porque eso complicaría las cosas para usted cuando llegase el momento de despedirme.

¿De dónde había salido eso? Él no le había dado ninguna razón para sentirse amenazada o para que creyese que iba a despedirla. Pero A.J. actuaba como si fuera algo evidente.

–¿De dónde has sacado la idea de que voy a despedirte?

–Cada vez que hay un cambio en la dirección de una empresa, el resultado es siempre el mismo. El nuevo director general trae a su propia gente y los demás son historia –A.J. se encogió de hombros–. Y como yo soy la directora de operaciones de Skerritt y Crowe, mi cabeza será la primera en rodar.

16

Aunque no estaba seguro del todo, le pareció detectar cierto temblor en su voz. Pero no, debía estar equivocado. A.J. Merrick era demasiado profesional como para mostrar la menor emoción. Lo que lo sorprendía era su propio deseo de descubrir que había tras aquella fría fachada.

—Tranquilícese, no habrá despidos —dijo Caleb entonces. No pensaba decirle que no tenía ni idea de cómo dirigir una asesoría financiera o que tendría que apoyarse en la experiencia de los empleados para llevar el asunto a buen puerto—. Su trabajo es tan seguro hoy como antes de que la multinacional Emerald, S.A. comprase la empresa.

Ella se colocó las gafas sobre el puente de la nariz.

—Eso dice ahora, pero es bien conocido por todos que seis meses después de que una empresa cambie de dueño siempre hay despidos.

—Eso puede pasar cuando es una compra hostil, pero Emerald Larson compró esta empresa con la bendición de Frank Skerritt y Martin Crowe. Los dos querían retirarse, pero ninguno de ellos tenía hijos que quisieran encargarse del negocio.

Mientras ella se mordía los labios, como considerando lo que acababa de decir, Caleb se preguntó, absurdamente, si esos labios serían tan suaves como parecían. Tragando saliva, decidió que era mejor seguir hablando de negocios y olvidar que la señorita Merrick tenía la boca más besable que había visto en mucho tiempo.

–Habrá algunos pequeños cambios –dijo, después de aclararse la garganta–. Pero en lo que a mí respecta, los empleados sólo perderán su puesto de trabajo si deciden marcharse por su cuenta.

–Ya veremos –murmuró A.J.

Su expresión era impenetrable, no había manera de saber lo que estaba pensando. Pero estaba seguro de que no le creía.

Como seguramente iba a ser imposible convencer a A.J. Merrick de que su puesto de trabajo era seguro, Caleb se levantó.

–Bueno, voy a echar un vistazo por ahí y a presentarme a los demás.

–Pero ¿qué pasa con la reunión de mañana, señor Walker? –preguntó ella, levantándose también.

¿Había miedo en aquellos ojos azules?

Interesante. Aparentemente, cualquier cambio, por ligero que fuera, en las tradiciones de la empresa perturbaban a A.J. Merrick. Tendría que recordar eso.

–Me llamo Caleb y esa reunión tendrá lugar como estaba previsto. Pienso explicar mi plan de acción a los jefes de departamento.

Caleb vio entonces que ella apretaba la pluma que tenía en la mano hasta que sus nudillos se volvieron blancos y, sin pensar, alargó la suya para darle un amistoso apretón. Pero en

cuanto rozó la sedosa piel, sintió algo parecido a una descarga eléctrica. Y el gemido casi
inaudible de ella le dijo que había sentido lo
mismo.

Apartando la mano, intentó aparentar que
no pasaba nada... pero considerando que por
dentro sentía como si hubiera recibido una
descarga de 220 voltios, eso no le resultó fácil.

–Relájese, señorita Merrick –murmuró, preguntándose qué demonios le pasaba. No podía estar tan caliente como para excitarse al
tocar la mano de una mujer–. Tiene mi palabra de que conservará su puesto de trabajo y
le prometo que los planes que tengo en mente aumentarán la productividad y la moral de
los empelados.

Al menos, eso era lo que esperaba. Considerando que él no entendía nada de asesorías
financieras, tendría que trabajar con el méto-
do de ensayo y error, comprar un manual de
dirección de empresas y esperar que la suerte
estuviera de su lado.

Ella se cruzó de brazos, a la defensiva.

–Supongo que tendré que aceptar su palabra.

–Sí, supongo que sí –asintió él, dirigiéndose a la puerta.

Tenía que poner distancia entre los dos para recuperar la perspectiva. Estaba allí para dirigir la empresa, no para averiguar por qué
que aquella mujer no le creyese lo molestaba

tanto. O por qué empezaba a sentirse excitado con sólo mirarla a los ojos.

–Nos veremos mañana por la mañana, señorita Merrick.

–¿Ca...leb? –le había costado pronunciarlo, pero al oír ese nombre en sus labios las hormonas de Caleb se pusieron como locas.

–¿Sí, señorita Merrick?

–Como insistes en que te llame por tu nombre de pila, creo que tú deberías llamarme A.J.

–Muy bien, A.J. –sonrió él. Quizá estaba haciendo progresos después de todo–. Nos veremos por la mañana.

Cuando se cerró la puerta del despacho, A.J. volvió a sentarse. O, más bien, se le doblaron las piernas y no tuvo más remedio que caer sobre la silla. ¿Por qué tenía el corazón acelerado? ¿Y por qué estaba temblando?

Se quitó las gafas y enterró la cara entre las manos. ¿Qué le estaba pasando? Ella no era ni sería nunca la clase de mujer que dejaba que un hombre guapo distrajese su atención de lo que era verdaderamente importante. Al menos no desde el fiasco con Wesley Pennington III. Él le había enseñado una valiosa lección; una que no olvidaría nunca: mezclar el trabajo con el placer era de tontos y sólo conducía al desastre.

Normalmente, ni siquiera pensaba en ello. Desde que perdió el corazón, la virginidad y el primer trabajo debido a su ingenuidad, hacía todo lo posible por dar una imagen profesional. Así las cosas eran más sencillas y mantenía a los empleados a distancia. Y, por el momento, le había funcionado bien.

A la mayoría de la gente, especialmente a los hombres, les echaba para atrás su frialdad y no se molestaban en mirarla dos veces. Y eso era lo que ella buscaba. Pero Caleb Walker no sólo la había mirado dos veces, sino que había clavado en ella sus turbadores ojos entre pardos y verdes desde que entró en la oficina.

A.J. sintió un estremecimiento. Tenía una forma de mirarla que... la hacía sentir más femenina que nunca. Y eso era lo que lo hacía peligroso.

Sacudiendo la cabeza, intentó no pensar en las mariposas que había sentido en el estómago cuando Caleb Walker le sonrió y se concentró en el hecho de que era su nuevo jefe. Estaba allí para dirigir Skerritt y Crowe y, tarde o temprano, reemplazarla con su propia gente. Y aunque le había asegurado que ése no iba a ser el caso, ella sabía que no era así.

Todos sus esfuerzos, todo el trabajo que había hecho durante los últimos cinco años estaba a punto de irse por la ventana y ella no podía hacer nada.

Suspirando, volvió a ponerse las gafas y se dio la vuelta para mirar por la ventana. Observando el sol de junio que iluminaba la ciudad de Albuquerque, tuvo que hacer un esfuerzo para no llorar. Tenía la impresión de que Caleb Walker estaba a punto de poner su bien estructurado mundo patas arriba. Y no podía hacer nada para detenerlo.

A saber qué cambios querría hacer o cuándo decidiría que ella era prescindible.

Y lo más desagradable de todo era que, a pesar del peligro que representaba, en lo único que podía pensar era en lo penetrantes que eran sus ojos, en cómo su pelo castaño claro, un poco más largo de lo normal, lo hacía parece más un rebelde que un ejecutivo. Y cómo la combinación de su voz ronca y su acento del sur hacía que sintiera un pellizco en el estómago.

—No seas tonta –murmuró para sí misma, girando la silla.

Ella no estaba interesada en Caleb Walker y él no estaba interesado en ella.

Pero mientras intentaba concentrarse en el documento que tenía delante, no podía dejar de pensar en sus anchos hombros, ni en su camisa de cuadros, ni en cómo los vaqueros le quedaban como una segunda piel o en el escalofrío que había sentido cuando él tocó su mano.

Cuando de su garganta escapó un gemido inesperado, rápidamente metió los informes en su maletín, tomó el bolso del cajón y se dirigió a la puerta.

—Estaré fuera de la oficina todo el día –le dijo a Geneva.

A.J. no esperó respuesta de la sorprendida

recepcionista. No tenía tiempo para preocuparse por eso. Tenía que volver a su casa antes de que el disfraz de mujer fría que había perfeccionado con los años se le cayera a pedazos y revelase lo que sólo su periquito, Sidney, sabía sobre ella.

Alysa Jane Merrick no era la autómata fría y sin emociones que todo el mundo conocía en Skerritt y Crowe. Era una mujer con sentimientos que coleccionaba figuritas de porcelana, que lloraba mientras veía películas de amor y temía al fracaso más que a nada en la vida.

Nerviosa, atravesó el aparcamiento a buen paso para llegar a su coche. Una de dos: o se ponía a gritar o se ponía a llorar como una niña. Y ninguna de las dos cosas era aceptable para su imagen profesional.

Después de abrir el coche, A.J. tiró dentro el maletín, se colocó tras el volante y cerró los ojos. Contó hasta diez y luego hasta veinte, intentando calmarse. Por primera vez en cinco años estaba a punto de romper la coraza tras la que se escondía cuando estaba en el trabajo. Y eso era algo que, sencillamente, no podía pasar.

Ella nunca dejaría que la vieran en ese estado. No sólo sería un desastre profesionalmente, sino que su difunto padre volvería de la tumba para echarle una bronca por un comportamiento tan «típicamente femenino», como él solía decir.

Desde que era pequeña, su padre, un militar de carrera, había insistido en lo importante que era no dejar que los enemigos vieran una sola señal de debilidad. Y no había ninguna duda al respecto, Caleb Walker era una seria amenaza para ella.

Pero también era el enemigo más guapo que había visto nunca.

Capítulo Dos

–Lo primero que quiero es decirles que sus puestos de trabajo están asegurados –estaba diciendo Caleb, dirigiéndose a los directores de departamento, aunque miraba directamente a A.J. Merrick–. Sé que cada vez que hay un cambio en la propiedad de una empresa suele haber despidos, pero eso no ocurrirá aquí. No tengo intención de traer a mi gente, así que sólo se quedarán sin trabajo si deciden marcharse por su cuenta.

La duda que veía en los ojos azules dejaba bien claro que A.J. seguía sin creerlo. Lo que no sabía era por qué le importaba tanto que confiase en él.

Además, si el suspiro de alivio colectivo era una señal, el resto de los asistentes a la reunión no ponía en duda sus palabras. ¿Por qué la opinión de A.J. Merrick era tan importante?

Decidido a olvidarse del asunto, Caleb se dedicó a explicar sus planes para la empresa:

–He echado un vistazo al informe de resultados del último año fiscal y, aunque el crecimiento ha sido lento, también es sostenido. Y como mi abuelo solía decir: si no está roto, no lo arregles. Por eso no habrá cambios.

«Al menos hasta que haya hecho un curso de dirección de empresas y sepa de qué demonios estoy hablando».

–Me gusta la opinión de su abuelo –dijo Malcolm Fuller.

Caleb sonrió.

–Me alegro de que te guste, Malcolm.

Se habían conocido el día anterior y de inmediato hubo una corriente de simpatía entre ellos. Malcolm le recordaba a Henry Walker, su abuelo, un hombre con la sabiduría del pueblo y más que dispuesto a decir siempre lo que se le pasaba por la cabeza.

Cuando Caleb se dio cuenta de que los otros jefes de departamento estaban intercambiando miradas de curiosidad, arrugó el ceño. Aparentemente, los empleados de Skerritt y Crowe no estaban acostumbrados a ese trato tan informal...

Respirando profundamente, pensó que no había mejor momento que el presente para mover un poco las cosas y ver lo receptivos que eran a los cambios.

–Aunque no intento cambiar nada en el procedimiento diario de trabajo, quiero hacer algunas mejoras en el ambiente de trabajo.

–¿Qué ha pensado, señor Walker? –preguntó Ed Bentley, un poco nervioso.

–Lo primero, vamos a olvidarnos de las formalidades –sonrió Caleb, esperando que esa sonrisa los hiciera sentir cómodos–. ¿No os parece un poco bobo trabajar con alguien durante ocho horas al día y no llamarlo por su nombre de pila? Por supuesto, seguiremos tratando a los clientes con el respeto que se merecen, pero quiero que os sintáis libres de llamarme Caleb.

Los hombres y mujeres de la mesa empezaron a sonreír. Todos, excepto A.J., que tenía las manos apoyadas sobre la mesa, tan apretadas, que sus nudillos se habían vuelto blancos. Por supuesto, ella desaprobaba tal decisión.

¿Por qué no querría que los empleados se llamaran por el nombre de pila? ¿No había aprendido en la universidad que un ambiente de trabajo más relajado elevaba la productividad? Él había descubierto eso en Internet, así que no podía ser un secreto.

–¿Quieres que te llamemos Caleb? –preguntó María Santos.

–Así es como me llamo, María.

–¿Qué otros cambios piensas imponer... Caleb? –preguntó uno de los hombres.

–Puertas abiertas entre la dirección y los empleados –contestó él. Después hizo una pausa para ver cómo reaccionaban–. Quiero que todos los empleados, sea cual sea su puesto, puedan contar sus problemas o hacer sugerencias.

–Tienes muchas ideas interesantes –dijo Joel McIntyre, el director del departamento financiero–. ¿Alguna cosa más?

–Pues sí, Joel –Caleb sonrió. Estaba seguro de que los cambios que estaba a apunto de anunciar alegrarían a todos, incluida A.J. Merrick–. Ya que la mayor parte del negocio se lleva por teléfono o por Internet, no veo por qué no podemos permitir que la gente vista como le parezca. Por supuesto, el traje de chaqueta es obligado cuando haya que reunirse con algún cliente, pero a partir de ahora podéis poneros lo que queráis... mientras sea algo decente, claro.

De inmediato, varios de los hombres se quitaron la corbata.

–Supongo que eso significa que todos estáis a favor.

Cuando miró a A.J., la sonrisa de Caleb desapareció. Bueno, *casi todos*.

–¿Alguna cosa más? –preguntó ella.

Evidentemente, no estaba contenta.

Ninguno de los jefes de departamento parecía haber notado que la directora de operaciones estaba en la sala de juntas y menos que las ideas de Caleb no le hicieran gracia. Pero él había estado pendiente de ella desde que se sentó en la silla. Había esperado que una vez que oyera lo que tenía que decir encontrase sus ideas innovadoras. O, al menos, que le diese una oportunidad.

Desgraciadamente, parecía más molesta que el día anterior. Pero más problemático que la falta de entusiasmo de la directora de operaciones de Skerritt y Crowe era su propia reacción. Sentía el deseo de acercarse a ella, tomarla en sus brazos y asegurarle que esos cambios serían en beneficio de todos.

Caleb sacudió la cabeza para apartar de sí aquellos turbadores pensamientos.

–Tengo que anunciar algo más antes de que volváis al trabajo –empezó a decir, apartando la mirada de A.J.–. El lunes habrá un seminario sobre creación de equipos para todos los jefes de departamento. Luego, una vez al mes, cada departamento se tomará un viernes libre para poner esas enseñanzas en acción.

–Eso significa que iremos de merienda, a jugar al golf y cosas así para ampliar la comunicación y animar la interrelación entre empleados, ¿no? –preguntó Joel, muy animado.

–Ése es el plan –contestó Caleb. Al menos otros podían ver el objetivo, aunque A.J. no fuera capaz–. No hay ninguna razón para no pasarlo bien mientras intentamos crear un equipo más cohesionado –añadió, levantándose. Les había dado suficientes temas para digerir por el momento. Pero la semana siguiente movería las cosas un poco más–. Ahora, ¿qué tal si volvemos todos a trabajar y ganamos algo de dinero?

Cuando la reunión terminó y sus compañeros rodearon a Caleb para mostrarle su entusiasmo por los cambios, A.J. escapó al santuario de su oficina. Cerrando la puerta, se apoyó en ella mientras intentaba llevar aire a sus pulmones. Tenía la sensación de estar ahogándose.

En menos de una hora, Caleb Walker había destruido todas sus razones para trabajar en Skerritt y Crowe. Sin enterarse siquiera.

Pensaba que estaba haciéndole un favor a todo el mundo mejorando el ambiente de trabajo. Y debía admitir que lo que planeaba seguramente motivaría a los empleados y le daría nuevos aires a la empresa.

Pero ella había aceptado el puesto en Skerritt y Crowe en lugar de en un grupo financiero más moderno precisamente por las formalidades, por su estilo anticuado. Eso hacía que pudiera concentrarse en su trabajo manteniendo a la gente a cierta distancia.

Apartándose de la puerta, A.J. se dejó caer sobre la silla. Aunque ella no era antisocial por naturaleza, había aprendido a mantener las distancias con los compañeros. Era la única manera de evitar una traición o un desengaño.

Pero lo que la frustraba y la confundía más que nada era su propia reacción cada vez que veía a Caleb Walker. Mientras Caleb explicaba con detalle cómo iba a destrozar su red de seguridad, ella sólo podía pensar en lo guapo que era y cómo su acento del sur la hacía temblar.

Resistiendo apenas el deseo de ponerse a

gritar, que a Geneva Wallace le provocaría un infarto, se volvió hacia el ordenador y abrió el archivo que contenía su currículum. No tenía sentido esperar más. Sus días como directora de operaciones de Skerritt y Crowe estaban contados y lo mejor sería empezar a buscar trabajo.

–A.J., ¿puedes venir un momento? –la voz de Caleb invadió su oficina a través del intercomunicador haciendo que su estómago diera un salto–. Tengo que hablar contigo.

¿Qué podría querer? ¿No había hecho suficiente en la última hora poniendo su vida patas arriba?

Suspirando, A.J. pulsó el botón.

–Estoy trabajando en este momento. ¿No podemos dejar la reunión para esta tarde? –preguntó. No tenía por qué saber que estaba revisando su currículum, claro. Pero al otro lado hubo un silencio–. ¿Señor Walker? ¿Caleb?

A.J. dejó escapar un gemido cuando la puerta que conectaba sus despachos se abrió de golpe.

–Perdona si te he asustado, pero a mí me gusta hablar las cosas cara a cara –dijo él, sonriendo–. Me gusta mirar a los ojos de una persona cuando estoy hablando con ella.

El sonido de su voz y aquella sonrisa tan sexy hicieron que A.J. sintiera un escalofrío por la espalda... aunque se preguntó qué más le gustaría hacer cara a cara. Luego contuvo el aliento, sorprendida de sí misma.

−¿De qué quería hablar, señor...?

Él levantó una ceja, carraspeando.

−¿De qué querías hablar, Caleb?

−Creo que se me ha ocurrido otra manera de mejorar la moral de los empleados.

−¿Ah, sí?

Justo lo que necesitaba oír, pensó ella. Una nueva norma que aumentaría sus niveles de ansiedad.

−¿Qué tienes en mente?

−Estoy pensando convertir la cocina en una sala de descanso.

A.J. se quedó mirándolo, boquiabierta.

−¿Perdona?

−Será mejor que cierres la boca o te vas a tragar alguna mosca.

Ella cerró la boca de golpe. ¿Aquel hombre no se tomaba nada en serio?

−¿Te importaría explicarme qué quieres decir con eso de una «sala de descanso»?

−Que, en lugar de una habitación con una cafetera, podríamos tener sofás, una televisión... Cuando los empleados paren un momento para descansar, deberían poder relajarse de verdad.

−Si dejas que se relajen demasiado, se quedarán dormidos −replicó A.J., sin poder evitarlo.

No había querido ser tan brusca. Pero los hechos eran los hechos y sería mejor dejar eso claro lo antes posible.

−No pasa nada por echar una cabezadita de vez en cuando. Los estudios muestran que después de dormir veinte minutos la gente está completamente despejada.

A.J. había visto esos estudios y no podía discutirlos... pero eso no significaba que estuviera de acuerdo.

–¿Quieres saber lo que pienso? –preguntó.

–No, la verdad es que no –sonrió Caleb–. Pero querría que me ayudases a poner el plan en acción.

Su primera inclinación fue rechazar la oferta, pero, para su asombro, se encontró diciendo:

–¿Qué quieres que haga?

–Agradecería mucho tu opinión sobre colores y estilo de los muebles. No se me da muy bien la decoración.

Ah, qué listo. Sabía cómo usar su sonrisa y su encanto de chico del sur para conseguir exactamente lo que quería. Afortunadamente, ella era inmune a tales tácticas.

–¿Por qué piensas que yo sé algo de eso?

–No lo sé, pero necesito el punto de vista de una mujer. La sala tiene que ser cómoda para hombres y mujeres. Si lo hago yo solo, acabará pareciendo un bar.

–¿Por qué no le pides a la señora Wallace que te ayude? La he oído decir que no se pierde los programas de decoración.

–Tengo a Geneva encargada de otro proyecto –contestó él.

–¿Ah, sí? –preguntó A.J., atónita.

–Le he dado un presupuesto de cinco mil

dólares para uniformes y equipos y la he puesto a organizar los equipos deportivos.

A.J. no podía creer lo que estaba oyendo.

—Lo dirás de broma.

—No —la sonrisa de Caleb se hizo más amplia—. Dependiendo del interés que haya entre los empleados, vamos a tener un equipo de bolos y uno de voleibol en invierno y uno de fútbol en verano.

—¿Te das cuenta de que esta empresa está formada por contables y analistas financieros? No es precisamente material para un equipo de fútbol.

Caleb negó con la cabeza.

—Me da igual que el equipo gane o pierda. Me interesa más crear una sensación de unidad entre los empleados. Tienes el fin de semana para pensarlo. Hablaremos de tus ideas la semana que viene.

A.J. lo vio desaparecer en su despacho conteniendo un gemido. Desde que era pequeña, su padre había predicado estructura y orden militares. Él decía que eran esenciales para tener éxito en la vida. El capitán John T. Merrick lo creía firmemente, vivía de acuerdo a esas reglas e insistía en que su hija lo hiciera también. Incluso había elegido el internado en el que ella estudió tras la muerte de su madre por su estricto código de conducta. Y la única vez que se desvió de ese camino, había terminado siendo la protagonista de una humillante situación en la empresa Carson, Gottlieb y Howell.

Pero había sobrevivido porque eso era lo que su difunto padre habría esperado de ella. No fue fácil, pero recogió los pedazos de su orgullo herido, se convirtió en una virgen de nuevo y encontró trabajo en Skerritt y Crowe. Y se había sentido si no feliz, sí cómoda durante los últimos cinco años.

Desgraciadamente, esa comodidad parecía haber terminado con la llegada de Caleb Walker. Cuando entró en su oficina el día anterior con su actitud de chico bueno y su atractivo físico para anunciar que era el nuevo director general de la firma, A.J. sintió como si el mundo girase al revés. Él representaba todo lo que en la vida le habían enseñado a tratar con precaución o a evitar por completo. Era innovador, sus ideas eran poco ortodoxas y, en su opinión, espontáneas. En resumen, un peligro.

Entonces, ¿por qué su pulso se aceleraba y se quedaba sin aire cada vez que estaban en la misma habitación? ¿Por qué aquel perezoso acento del sur enviaba descargas eléctricas por todo su cuerpo? ¿Y por qué sus anchos hombros y sus estrechas caderas le hacían sentir tan... inquieta?

Mordiéndose el labio inferior para evitar que le temblase, A.J. volvió a abrir el archivo que contenía su currículum. Eso estaba más que claro. Tenía que buscar otro trabajo lo antes posible o arriesgarse a perder el poco control que le quedaba.

***

El siguiente martes por la tarde, Caleb se sentó frente a su escritorio preguntándose en qué lío le había metido Emerald Larson. No tenía ni idea de cómo lidiar con uno de los mejores clientes de Skerritt y Crowe. Sus clases nocturnas en la universidad de Nuevo México no empezarían hasta el mes siguiente. Y dudaba que los cursos de dirección de empresas cubrieran la relación con los clientes.

Caleb empezó a tamborilear sobre el escritorio con los dedos, inquieto. El manual de dirección de empresas que había comprado no valía de nada. La maldita cosa sólo hablaba sobre la relación con los empleados y sobre formas de mejorar el ambiente de trabajo. Era completamente inútil para aprender a tratar con los clientes.

Pero supiera lo que estaba haciendo o no, tendría que recibir a Raúl Ortiz. Caleb estaba dirigiendo la asesoría financiera responsable en parte de que la compañía de Ortiz fuera una de las mejores firmas de inversiones del estado y sospechaba que Ortiz quería saber con quién iba a tratar a partir de aquel momento.

Cuando oyó la voz de A.J. en el otro despacho, se animó un poco. Aquella mujer podía estar volviéndole loco, pero había leído el informe de personal y era una experta en planificación financiera y análisis de marketing. También había descubierto que terminó el bachiller a los quince años y consiguió un máster en inversiones bancarias y dirección de empresas a los veinte.

Si se la llevaba con él a Roswell, la reunión con Ortiz saldría bien. A él se le daba bien la gente y A.J. era un genio en lo suyo. Juntos formaban un buen equipo.

Caleb respiró profundamente. Odiaba sentirse inadecuado, pero tendría que confiar en la gente que trabajaba para él hasta que hiciera el curso y tuviera cierta comprensión del negocio que Emerald le había puesto en las manos.

Y, aparentemente, esa confianza iba a tener que empezar de inmediato.

Sonriendo, entró en el despacho de A.J., que levantó los ojos del ordenador.

–Acabo de recibir la llamada de un cliente de Roswell. Y dice estar muy satisfecho.

–El señor Ortiz, claro –asintió A.J.–. Es uno de nuestros mejores clientes.

–Eso es lo que me ha dicho. Y tengo la impresión de que es de los que dicen lo que piensan.

–Sí, no se muerde la lengua –contestó ella, colocándose las gafas sobre el puente de la nariz. Eso volvió a llamar la atención de Caleb sobre sus ojos azules... y tuvo que recordarse a sí mismo que había entrado en el despacho para algo que no era mirarla a los ojos.

–¿Has tratado con él?

–El señor Skerritt se encargaba personalmente de esa firma, pero el señor Ortiz me pidió que le aconsejara sobre su plan de pensiones. ¿Por qué lo preguntas?

–Quiere que vaya a Roswell mañana para conocerme. Y he decidido llevarte conmigo.

–¿A mí?

A.J. abrió tanto los ojos, que le recordó a un cervatillo cegado por los faros de un coche. ¿Tanto la turbaba la idea de viajar con él?

–¿Algún problema?

–¿Por qué? Quiero decir, yo no... –A.J. no terminó la frase.

–Sé que no te he avisado con mucho tiempo, pero no tenemos alternativa. Como yo acabo de llegar, no sé nada de la empresa de Ortiz. Y hasta que me haya enterado bien de todo prefiero no arriesgarme a perder clientes.

Ese argumento tenía sentido para él. Y esperaba que lo tuviese para ella.

Pero mientras la observaba morderse los labios, pensativa, tuvo que disimular un suspiro. ¿Por qué encontraba su boca tan fascinante? ¿No había aprendido nada sobre las mujeres en puestos de poder?

–¿A qué hora es la reunión? –preguntó A.J. por fin.

¿Era su imaginación o había un ligero temblor en su voz?

–Ortiz quiere mostrarme la planta de manufacturas mañana por la tarde y luego cenar alrededor de las siete.

–Pero entonces no podremos volver y yo tengo dos reuniones a primera hora de la mañana. No, lo siento, pero no puedo ir contigo –A.J. parecía aliviada–. Llevamos meses intentando conseguir a estos nuevos clientes y, si cambio la reunión, podríamos perderlos.

Pero Caleb no pensaba dar su brazo a torcer.

–¿Dónde están?

–El señor Sánchez está en Las Cruces y el señor Bailey en Truth or Consequences. ¿Por qué?

–Si no recuerdo mal, esos dos sitios están cerca de Roswell. Llámalos y diles que estaremos por la zona pasado mañana... y que me gustaría conocerlos en persona. Así demostraremos interés por ellos y podrás venir a Roswell conmigo. Volveremos el jueves después de cenar –dijo Caleb–. Iré a buscarte a tu casa a las diez de la mañana.

–No, no hace falta –replicó ella–. Tengo que venir mañana para... solucionar cosas de última hora. Podemos irnos desde aquí.

Caleb se daba cuenta de que no le hacía ninguna gracia ir con él a Roswell, pero era inevitable. No se sentía orgulloso por tener que pedirle ayuda para evitar quedar como un idiota delante de los clientes, pero tendría que ser así.

–Muy bien. Le diré a Geneva que reserve habitación para mañana en Roswell.

–Dos habitaciones.

–Sí, claro.

Mientras salía al pasillo para hablar con Geneva, Caleb no pudo evitar una sonrisa. Evidentemente había puesto nerviosa a A.J. Merrick.

Los dos días siguientes podrían ser muy interesantes... en muchos sentidos. No sólo iba a ver cómo lidiaba A.J. con los clientes; además, tenía la impresión de que podría verla deshaciéndose por fin de esa coraza suya.

Capítulo Tres

Tras un viaje sin muchas novedades hasta Roswell, un tour por la empresa y una cena con el señor Ortiz, lo único que A.J. deseaba era subir a su habitación y darse un largo baño caliente. Agotada después de dar vueltas y vueltas en la cama la noche anterior, llevaba todo el día soportando la perturbadora presencia de Caleb y estaba más que dispuesta a poner distancia entre ellos.

–¿Por qué no vas a pedir las llaves mientras yo saco las bolsas de viaje del coche? –preguntó él, parando frente a la puerta del hotel.

–Supongo que las habitaciones estarán a nombre de la empresa.

–Sí. Geneva me ha dicho que había reservado las únicas que quedaban en Ross... –Caleb no terminó la frase al ver una familia de alienígenas con cabezas ovaladas y ojos enormes que entraban en un coche azul.

–Esta semana hay un festival –le explicó A.J., riendo ante su expresión de incredulidad–. Seguramente veremos muchos como ésos.

–Había visto los carteles, pero no pensé que vendrían disfrazados.

–Es el aniversario del incidente de Roswell... ya sabes, el avistamiento del famoso ovni. Gente de todas partes del mundo viene aquí a primeros de julio para acudir a seminarios, compartir experiencias extraterrestres y participar en numerosas actividades, incluyendo un concurso de disfraces.

Caleb rió cuando otro alienígena, éste con tentáculos y ojos plateados, los saludó con la mano mientras pasaba a su lado en un Volkswagen Escarabajo.

–Pues menos mal que Geneva ha encontrado habitaciones.

–Me sorprende que las haya encontrado, la verdad.

Dejando escapar un suspiro de alivio, A.J. entró en el hotel y se acercó a recepción.

–Soy de la empresa Skerritt y Crowe. Creo que tienen dos habitaciones reservadas para nosotros.

La chica de recepción hizo una bomba de chicle mientras miraba en el ordenador.

–En realidad, lo que tenemos reservada es una habitación con dos camas.

–No, eso no puede ser –dijo A.J., sacudiendo la cabeza. Geneva Wallace era demasiado eficaz como para cometer ese error–. ¿Le importaría comprobarlo? Tienen que ser dos habitaciones.

Encogiéndose de hombros, la chica volvió a mirar en el ordenador.

–Aquí sólo hay una habitación a nombre de Skerritt y Crowe. Pero como he dicho, tiene dos camas.

El corazón de A.J. empezó a latir como si quisiera salirse de su pecho.

–¿No tienen otra habitación disponible?

La joven sonrió como disculpándose.

–Lo siento. Esta semana estamos hasta arriba. De hecho, de no haber tenido una cancelación de última hora ni siquiera tendríamos esta habitación disponible.

–¿Hay algún otro hotel por aquí?

–El más cercano está en Artesia, a cuarenta kilómetros.

–¿Algún problema? –preguntó Caleb, acercándose.

–Aparentemente ha habido un error y sólo tienen una habitación reservada.

De repente, A.J. entendió cómo debía haberse sentido Dorothy cuando el tornado la llevó por encima del arco iris hasta la tierra de Oz.

–¿Qué?

–Debido al festival no hay ninguna habitación libre en muchos kilómetros. Parece que tendremos que ir a Las Cruces esta noche.

Caleb negó con la cabeza.

–Ya ha oscurecido, los dos estamos agotados y la carretera que va a Las Cruces es de doble sentido. Conducir por terreno desconocido en estas condiciones no sería buena idea.

¿Había perdido la cabeza?, se preguntó ella.

–Pero no podemos dormir en la misma habitación...

–Tú puedes dormir en la cama y yo dormiré en el suelo.

–La habitación tiene dos camas –dijo la recepcionista.

–Ah, pues entonces no hay problema –sonrió Caleb, dejando las bolsas de viaje en el suelo para sacar la cartera.

A.J. estaba a punto de sufrir un ataque de ansiedad y, tirando de su brazo, lo apartó un poco del mostrador para hablar con él en privado.

–No puedes decirlo en serio.

–¿Por qué no? No tenemos alternativa.

–¿Qué pasará cuando los empleados se enteren de que hemos dormido en la misma habitación?

–Al menos que uno de los dos lo cuente, nadie sabrá nada.

–No te engañes. ¿Qué crees que va a pasar cuando entreguemos la factura en contabilidad? –preguntó ella.

En cuanto se supiera que sólo habían pagado por una habitación, los rumores correrían como la pólvora.

–Lo pagaré con mi tarjeta de crédito, no te preocupes –contestó Caleb, intentando ser razonable.

–Pero...

Él le puso una mano sobre el hombro.

–Estoy de acuerdo, es un inconveniente no

tener dos habitaciones. Pero los dos somos adultos, de modo que no pasa nada.

Antes de que ella pudiera detenerlo, Caleb sacó la cartera del bolsillo y le dio su tarjeta de crédito a la recepcionista.

Y el corazón de A.J. volvió a dar un salto. Quizá Caleb Walker podía lidiar con la situación, pero ella no estaba tan segura. Pasar todo el día con él, primero en la camioneta y luego en la reunión con Ortiz, la había dejado exhausta. Y nerviosa.

Desde que salieron de las oficinas de Skerritt y Crowe esa mañana, había tenido que hacer un esfuerzo para controlarse. El olor de su aftershave, el timbre de su voz y el ocasional roce de su brazo la había hecho sentir más inquieta que nunca en toda su vida.

Si tenía que dormir en la misma habitación que Caleb Walker, había muchas posibilidades de que, por la mañana, tuvieran que ingresarla en un psiquiátrico.

Después de quitarse las botas, Caleb tomó el mando de la televisión y empezó a pasar distraídamente de canal en canal, sin prestarles verdadera atención. Tenía que dejar de pensar en la mujer que estaba cambiándose de ropa en el cuarto de baño.

Mirando la puerta, sacudió la cabeza. Oír su voz durante todo el día, verla moverse con la gracia de un gato, le había parecido absolutamente fascinante. Pero eran las veces que, sin querer, se rozaron lo que lo había puesto realmente nervioso. ¿Qué tenía A.J. que hacía que sus hormonas se volvieran locas?

Ella era una consumada profesional y estaba totalmente dedicada a su carrera. Y Caleb había aprendido de la manera más dura a evitar a ese tipo de mujeres como un soltero evita las reuniones de viudas.

Entonces, ¿por qué no podía dejar de pensar en ella? ¿Qué tenía A.J. Merrick que le parecía tan atractivo?

No llevaba ropa provocativa ni parecía querer llamar la atención de un hombre, todo lo contrario. Y aunque no era fea en absoluto, no llevaba maquillaje ni se peinaba para estar más atractiva.

Caleb arrugó el ceño. Era como si estuviera haciendo todo lo posible para no llamar la atención.

Eso era lo que intentaba entender. A.J. Merrick no se portaba como una ejecutiva típica. Leslie Ann Turner, la mujer con la que había estado saliendo unos años antes, era el ejemplo perfecto de la ejecutiva dispuesta a todo por medrar, y siempre iba a la oficina perfectamente maquillada y arreglada.

Se habían conocido por accidente cuando él acudió a un simposio sobre técnicas agrícolas en un hotel de Nashville y ella pasó por el bar después de trabajar para tomar una copa con sus amigas. Caleb le pidió que saliera con él, y ése había sido el principio de una relación de dos años. Leslie era una ejecutiva de nivel medio entonces y aún no había desarrollado el hambre de poder ni lo miraba por encima del hombro porque él no tuviera más que el bachillerato.

Pero según pasaba el tiempo y empezó a conseguir ascensos, todo eso había cambiado. Dejó de pedirle que fuera con ella a las fiestas de la empresa y, de repente, parecía pensar que la medida de un hombre se correspondía con los títulos que tuviera colgados en la pared. No había sido una gran sorpresa que lo dejase plantado.

Aunque le había resultado difícil aceptar que no era suficientemente bueno para Leslie, Caleb tenía que darle las gracias por esa lección. Una ejecutiva no le interesaba para nada, por muy atractivos que fueran sus ojos azules.

Pero A.J. no parecía el tipo de barracuda en el que se había convertido Leslie; no parecía una mujer dispuesta a hacer lo que fuera con tal de seguir ascendiendo en la escala profesional. Incluso había veces en las que parecía indecisa, vulnerable.

Mientras estaba allí, pensando en la fascinación que sentía por ella, la puerta del baño se abrió y Caleb se quedó boquiabierto. Sin las gafas y con el pelo suelto sobre los hombros, A.J. Merrick era como para caerse de espaldas.

Caleb tragó saliva cuando pasó a su lado para sentarse en la otra cama. El pijama de seda color esmeralda, a juego con la bata, destacaba las mechas rojas en su pelo y era el contraste perfecto para su piel de porcelana y sus ojos azules.

–El baño es todo tuyo.

Seguía sin mirarlo y Caleb se alegraba. Porque él estaba admirándola como si fuera un adolescente frente a la portada del *Playboy,* y si A.J. lo viera con esa cara, pensaría que estaba compartiendo habitación con un psicópata. O con un pervertido.

De repente, sintiendo como si las paredes de la habitación se cerraran sobre él, Caleb se levantó.

–No estoy tan cansado. Creo que voy a bajar al restaurante para tomar un café. ¿Quieres que te suba algo?

–No, gracias.

–¿Te importa quedarte sola?

–No, no –contestó ella, mirándolo con sus increíbles ojos azules–. ¿Por qué lo preguntas?

Caleb no iba a decirle que sin las gafas y con ese pijama estaba más guapa y más femenina de lo que hubiera podido imaginar. Y tampoco quería admitir que se sentía como un idiota por salir corriendo con el rabo entre las piernas.

–No, por si acaso.

A.J. bostezó, tapándose la boca con la mano.

–Seguramente estaré dormida cuando vuelvas.

Dormida, con el pelo extendido sobre la almohada, sus pestañas oscuras descansando sobre sus mejillas como diminutas plumas... Caleb abrió la puerta de la habitación a una velocidad de vértigo.

–Buenas noches –dijo A.J.

–Buenas noches –murmuró él, cerrando la puerta.

Estaba en medio del pasillo cuando se dio cuenta de que iba descalzo.

–Demonios.

–¿Un flashback?

Caleb se volvió para encontrarse con un hombre alto y delgado con un gorrito de aluminio sobre la calva.

–¿Perdone?

–Le he preguntado si ha tenido un flashback de su encuentro con *ellos* –contestó el desconocido, señalando al techo–. Algunos tenemos flashbacks de vez en cuando. Especialmente si ha sido un encuentro cercano.

Cuando Caleb entendió que se refería a E.T., negó con la cabeza.

–No. Esto es más bien un primer avistamiento.

–Lo comprendo. La primera experiencia puede ser muy desconcertante. Pero según pasa el tiempo se encontrará deseando vivir un encuentro en la tercera fase –sonrió el hombre, levantando su sombrero de aluminio a modo de despedida

Caleb asintió. Él ya estaba anticipando lo

guapa que estaría A.J. por la mañana. Y la idea de un encuentro con ella, del tipo que fuera, lo ponía duro como una piedra.

Cuando el hombre desapareció por el pasillo, Caleb volvió a la habitación.

—No tienes ni idea, amigo. No tienes ni idea.

En cuanto Caleb cerró la puerta, A.J. se dejó caer sobre la cama. Había sentido su mirada clavada en ella desde que salió del cuarto de baño y tuvo que hacer un esfuerzo inhumano para disimular su turbación.

¿Cómo iba a dormir estando tan cerca de él?

Sólo podía pensar en qué se pondría Caleb para dormir y cómo sería por la mañana, nada más despertarse. Saber que estaría durmiendo a un metro de ella hacía que sintiera escalofríos por la espalda.

A.J. miró alrededor, asustada. Tenía que dejar de pensar en su jefe. Desesperada, tomó el mando de la televisión y buscó el Canal Clásico. Quizá así podría olvidar que estaba a punto de pasar la noche con el hombre más sexy que había visto en toda su vida.

Cuando vio que la película que emitían en ese momento era *Tú y yo,* con Cary Grant y Deborah Kerr, se quitó la bata y se metió en la cama. Aunque había visto esa película veinte veces y siempre acababa llorando, era una de sus favoritas.

Estaba terminando en ese momento y, por supuesto, cuando el protagonista descubre que ella nunca acudió a su cita en el Empire State Building porque está paralítica, las lágrimas empezaron a asomar a sus ojos.

Desgraciadamente, Caleb eligió precisamente ese momento para volver a la habitación.

–Se me han olvidado... ¿estás llorando?

Mortificada, A.J. siguió mirando la pantalla.

–No, qué va.

Horrorizada, comprobó que él se sentaba en su cama.

–Sí estás llorando. ¿Qué pasa A.J.?

–Nada, nada.

Sabía que él volvería pronto. ¿Por qué demonios había elegido una película que siempre la hacía llorar?

–Mírame, cariño –el suave tono de su voz hizo que las lágrimas rodaran por el rostro de A.J. ¿Por qué no la dejaba en paz?

–No puedo.

Horror. Aquello era espantoso. Hacía años que nadie la veía llorar. Pero allí estaba, sollozando como una cría. Y delante de su jefe, ni más ni menos. No se había sentido más humillada en toda su vida.

¿Por qué no se marchaba de una vez?

Caleb tomó su cara entre las manos.

–Lo siento, cariño. No sabía que esta situación te perturbase tanto. Por favor, no llores. Dormiré en la camioneta si así te sientes mejor.

Su honestidad la conmovió profundamente y, por razones que no se atrevía a analizar, no quiso hacerle creer que estaba llorando porque tuvieran que dormir en la misma habitación.

–No, es la película.

Riendo, Caleb la abrazó.

–Ah, ya sé cuál es. Mi madre también llora cada vez que ve esa película.

–¿Qué... haces?

–No pasa nada, Alyssa.

El sonido de su voz y que dijera su nombre con tal ternura la dejaron tan sorprendida que ni siquiera intentó apartarse.

–¿Cómo sabes mi nombre?

–Está en el archivo de personal –contestó Caleb, pasando una mano por su espalda, como para consolarla–. Y deja de pensar que voy a reemplazarte. He revisado los informes de Skerritt y Crowe...

–¿Por qué?

Era horrible, pero mientras le pasaba la mano por la espalda, casi le daba igual que hubiera mirado los informes o por qué.

–Estaba intentando decidir qué actividades de grupo convenían a cada departamento –contestó él, apretándola contra su pecho–. ¿Tienes frío?

Incapaz de formular una frase coherente, A.J. asintió con la cabeza. Pero aunque hubiera logrado encontrar su voz, no podría haberle explicado por qué estaba temblando.

–¿Estás segura? –preguntó él, apartándose un poco para mirarla.

Con su intensa mirada manteniéndola cautiva, A.J. no estaba segura ni de su propio nombre.

–¿Qué has dicho?

–No importa, Alyssa.

Y entonces Caleb inclinó un poco la cabeza y rozó sus labios con los suyos suavemente. El corazón de A.J. latía como un caballo al galope. Podría haber detenido aquella locura pidiéndole que durmiese en la camioneta. Pero por razones que no podría explicar, quería que Caleb la besara, quería sentir el calor de su cuerpo. Y cuando él siguió besándola, se olvidó de todo... de hecho, sin vergüenza alguna se derritió sobre su pecho.

Mientras él exploraba su boca con una ternura que le robaba el aliento, sentía como diminutas descargas eléctricas por todo el cuerpo. No podría haber parado aunque le fuese la vida en ello. No quería parar.

El beso era lento y profundo, pero Caleb empezó a rozar sus labios con la lengua, como pidiéndole permiso para entrar y, sin pensar en las consecuencias, A.J. abrió los labios.

Un calor sofocante empezó a recorrer sus venas cuando sintió el roce de su lengua en el interior de la boca. Sabía que estaba jugando con fuego, pero la tentación nunca había sabido mejor que los besos de Caleb Walker.

Cuando él la tumbó sobre la cama, se le

encogió el estómago y sus pezones se endurecieron con la anticipación de lo que podría pasar. Quería sentir sus manos, quería estar piel con piel...

Cuando él intentó apartar el cuello del pijama, A.J. dejó escapar un gemido. ¿Ese sonido había salido de su garganta? Dios Santo, ¿qué estaba haciendo?

Completamente avergonzada, Alyssa intentó apartarse.

—No puedo. Por favor...

Caleb parecía tan confuso como ella.

—No pasa nada, cariño —murmuró, aclarándose la garganta—. No vamos a hacer nada más. Yo... voy a tomar un café. ¿Quieres que te suba algo?

Actuaba como si no hubiera pasado nada. Y como no sabía si eso era una desilusión o un alivio, A.J. decidió hacer lo mismo.

—No, gracias. Creo que me voy a dormir.

Caleb la miró durante unos segundos antes de levantar su barbilla con un dedo.

—Intentaré no molestarte cuando suba.

—Yo duermo como un tronco. Ningún ruido podría despertarme.

—No he dicho nada de hacer ruido, cielo —sonrió él—. Hay una gran diferencia.

Alyssa sintió como si el corazón se le hubiera caído al suelo para volver a su sitio después. Pero antes de que pudiera decir nada, Caleb tomó sus botas y salió de la habitación.

Mirando la puerta cerrada, Alyssa tuvo que

hacer un esfuerzo para respirar. Ahora sabía seguro que estaba al otro lado del arco iris. O eso o Caleb y ella habían sido abducidos por alienígenas. Después de todo, estaban en Roswell, donde lo inesperado no era sólo aceptado, sino esperado.

Pero mientras alargaba la mano para apagar la lámpara, sacudió la cabeza. Sabía lo que le había pasado y no tenía nada que ver con alienígenas. Desde que Caleb Walker entró en su despacho había intentado ignorar la atracción que sentía por él. Pero la verdad era que le gustaba su jefe.

A.J. se tapó la cara con las sábanas. ¿Qué iba a hacer?

En los últimos cinco minutos había olvidado las dos reglas más importantes de su vida: había permitido que una persona con la que trabajaba viese su lado más emotivo y prácticamente se había lanzado a los brazos de su jefe.

Entonces suspiró. Estaba claro. Su salida de Skerritt y Crowe era inminente.

Cerrando los ojos, intentó no pensar en el daño que le había hecho a su reputación profesional. Seguramente no podría dormir, pero al menos no estaría llorando como una cría cuando Caleb volviese.

Después de lo que le parecieron apenas unos minutos, el sonido del teléfono la despertó. ¿Quién podía llamar a esas horas de la noche?

Murmurando una amenaza violenta contra

el intruso, A.J. levantó el auricular y encendió la lámpara.

—¿Quién es? —preguntó, medio dormida.

Silencio.

—¿Dígame?

—¿Quién es? —preguntó Caleb, adormilado.

A.J. miró hacia la otra cama. Aparentemente, había estado durmiendo más tiempo del que creía. No sólo había vuelto a la habitación, sino que también estaba dormido.

—¿Señorita Merrick?

—Sí, soy yo. ¿Quién es?

—Clarence Norton. Siento despertarla, señorita Merrick —se disculpó el guardia de seguridad de Skerritt y Crowe—. La operadora debería haberme puesto con la habitación del señor Walker.

—¿Ocurre algo?

—La alarma de la oficina ha saltado hace una hora. La policía me ha pedido que los dejase entrar para registrar el edificio.

—¿Ha habido un robo?

—No —contestó Clarence—. Pero ha saltado la alarma y...

—¿Qué ocurre? —preguntó Caleb, sentándose en la cama—. Dame el teléfono.

Alyssa se puso un dedo sobre los labios para pedirle silencio, pero era demasiado tarde. Clarence había oído la voz de Caleb.

—¿Es es el señor... Walker? —el guardia de seguridad se había quedado de una pieza.

Con Caleb pidiéndole el teléfono y Clarence tartamudeando al otro lado del hilo, A.J. soltó el auricular, desesperada.

Su peor pesadilla acababa de hacerse realidad. Clarence Norton era el mayor cotilla de Skerritt y Crowe...

Y cuando volvieran a Albuquerque, todo el mundo en la oficina sabría que habían pasado la noche juntos.

Capítulo Cuatro

Caleb miró a la mujer silenciosa que iba sentada a su lado en la camioneta. Además de contestar a preguntas directas, Alyssa no había dicho ni media palabra desde que salieron de Roswell... o, más bien, desde que se besaron la noche anterior. Por supuesto, habían hablado de trabajo mientras estaban con los posibles clientes de Las Cruces y Truth or Consequences, pero cada vez que estaban solos se cerraba como una ostra.

—Estoy seguro de que el señor Sánchez y el señor Bailey pronto serán clientes de Skerritt y Crowe —dijo él.

—Sí, eso parece —asintió Alyssa.

—¿Vas a encargarte personalmente de las cuentas o se las vas a pasar a otro departamento?

—Seguramente se las encargaré a Richard Henshaw o a Marla Davis.

Punto final.

Caleb dejó escapar un suspiro de frustración.

—Háblame, Alyssa. Dime por qué estás tan callada. ¿Es por lo que pasó anoche?

Ella asintió con la cabeza, sin dejar de mirar hacia delante.

–No puedo dejar de pensar en la llamada de Clarence y en los rumores que estarán corriendo por la oficina ahora mismo.

–¿Te preocupa lo que digan en la oficina? –preguntó Caleb, incrédulo.

Él no lo había pensado. Estaba demasiado ocupado pensando en el beso. Porque decir que lo había dejado mareado era decir poco.

–¿A ti no? –preguntó ella, mirándolo como si le hubieran salido cuernos–. Clarence Norton es el mayor cotilla a este lado del Mississippi y a estas horas todo el mundo sabrá que anoche dormimos en la misma habitación. Y, conociéndole, seguro que adornará la historia diciendo que dormimos juntos.

–En realidad, dormimos juntos –sonrió Caleb–. Aunque no en la misma cama, claro.

Era de noche y no podía ver su cara, pero estaba seguro de que se había puesto colorada. Y le habría gustado verlo.

–Si, bueno... ¿tú crees que alguien creería eso?

–Quizá –Caleb se encogió de hombros–. Pero yo creo que lo mejor es decir la verdad. Después de explicar lo que ha pasado, cada uno sacará su propia conclusión.

–Sí, claro –suspiró ella.

–No podemos amargarnos la vida por lo que los demás piensan o dicen de nosotros,

Alyssa. Y aunque estén hablando de nosotros, no importa. La semana que viene otra persona será el tema de conversación.

–Espero que sea así.

–Seguro...

Caleb no terminó la frase al ver que salía humo del capó. Y cuando comprobó la temperatura del agua, soltó una palabrota por la que su madre le habría lavado la boca con jabón. Era de noche y estaban a muchos kilómetros de la siguiente gasolinera.

–¿Por qué sale humo? –preguntó ella, alarmada.

–Me parece que tengo problemas con el radiador.

–Oh, no –Alyssa se colocó las gafas sobre el puente de la nariz, un gesto que había aprendido a reconocer como una señal de nerviosismo–. ¿Qué vamos a hacer?

–Tendré que parar un momento para echar un vistazo –contestó Caleb. En ese momento pasaban por delante de un cartel que señalaba un área de descanso–. Ah, hemos tenido suerte. Al menos, tendremos luz.

Diez minutos después, Caleb detenía la camioneta en el aparcamiento del área de descanso para mirar el motor.

–Se ha roto la correa del ventilador.

–¿Crees que podrás arreglarlo?

Él negó con la cabeza, cerrando el capó de golpe.

–Tendré que llamar a Asistencia en Carretera −suspiró, sacando el móvil del bolsillo−. ¿Hay algún pueblo entre esto y Socorro?

−No. Y no creo que haya ningún taller abierto a estas horas.

Pulsando el número de Asistencia en Carretera que, afortunadamente, tenía grabado en el móvil, Caleb dio la localización del área de descanso después de contar el problema y esperó que la persona que lo atendía le pusiera con la central más cercana. Pero cuando un tal Jason se puso al teléfono, Caleb recibió una noticia que no quería escuchar.

−¿Cómo que no pueden venir hasta mañana?

Alyssa hizo una mueca.

−¿No pueden venir hasta mañana?

−Lamento los inconvenientes, señor Walker. Pero no tenemos ningún taller por la zona y el mecánico está a treinta kilómetros solucionando el problema de otro coche que se ha quedado tirado −se disculpó Jason−. Y después de eso tiene otros tres encargos.

−¿Podría enviarnos un coche de alquiler?

−Un momento, por favor.

−¿Qué ha dicho? −preguntó Alyssa.

−Está comprobando si pueden enviarnos un coche −sonrió Caleb−. No te preocupes, seguro que no hay ningún problema.

−El coche llegará alrededor de las cuatro de la mañana −dijo Jason, como si eso fuera una buena noticia.

−¡A las cuatro de la mañana! −Caleb miró el

reloj y sacudió la cabeza–. Cinco horas es inaceptable. Aunque el coche venga de Albuquerque, no debería tardar más de dos horas.

–Lo siento, señor Walker. Las agencias de Truth or Consequences y Socorro están cerradas, a la de Las Cruces no le quedan coches disponibles ahora mismo y la de Albuquerque tiene que buscar un conductor.

Caleb miró Alyssa, que parecía indignada.

–¿Eso es lo mejor que puede ofrecernos?

–Me temo que sí. Si puedo hacer algo más por usted, por favor, dígamelo.

Caleb cortó la comunicación y se volvió hacia Alyssa.

–Supongo que ya sabes lo que pasa. No tenemos coche hasta las cuatro de la mañana.

Más pálida que unos minutos antes, ella asintió, abriendo la puerta de la camioneta.

–Creo que uno de nosotros debe estar emparentado con Murphy.

–¿Y quién demonios es Murphy?

–El de la ley de Murphy. Ya sabes, si algo puede ir mal... irá mal –suspiró Alyssa–. Y las cosas han ido mal desde que salimos de la oficina.

–Pero podría ser peor.

–¿Cómo?

–El radiador se podría haber estropeado lejos del área de descanso –sonrió Caleb.

–Ah, menudo consuelo. El caso es que estamos tirados en medio de ninguna parte.

–Sí, pero al menos aquí hay máquinas de

refrescos. Voy a ver si tienen agua. ¿Quieres una botella?

–Sí, gracias.

Mientras Caleb se acercaba a las máquinas, Alyssa respiró profundamente. ¿Cuánta ansiedad podía soportar una mujer antes de sufrir un ataque de nervios?

Primero el beso de Caleb, luego la llamada de Clarence y los rumores que correrían por la oficina... y ahora tenía que pasar cinco horas en compañía de Caleb Walker, sin nadie alrededor.

Viéndolo sacar dos botellas de agua de una máquina, Alyssa sintió un escalofrío. Estaba muy guapo con la chaqueta de sport, la camisa y los vaqueros. En algunos hombres esa combinación quedaría fatal, pero en Caleb era más que sexy. Y debía admitir que pasar más tiempo con él no era nada desagradable, todo lo contrario. No sólo era guapo, si no inteligente, un buen conversador, simpático...

¡Ah, y cómo besaba!

Cuanto más tiempo pasaba con él, más cosas quería saber sobre su vida y más deseaba que la besara otra vez. Y ahí estaba el problema.

Era su jefe y trabajaban juntos. No debería querer estar con él fuera de la oficina. No debería querer que la besara. Sabía por experiencia que salir con un compañero de trabajo sólo podía llevar al desastre.

Pero no podía elegir. El destino parecía haber metido la mano... primero con el error en las habitaciones y ahora con la correa del ventilador.

Caleb le dio las botellas de agua mineral y una bolsa de galletas antes de quitarse la chaqueta, que tiró sobre el asiento de atrás. Hasta ahí todo bien. Pero cuando empezó a remangarse la camisa blanca y vio sus antebrazos tan fuertes, tan masculinos, cubiertos de un suave vello...

–Pensé que podrías tener hambre.

Alyssa miró la bolsa de galletas. Sólo eran unas galletas, probablemente rancias, pero que hubiera pensado en ella la conmovió. Nadie, ni siquiera su padre, le había mostrado mucha consideración. Ella siempre había sido la chica estudiosa en la que nadie se fijaba. Había habido momentos tras la muerte de su madre en los que sospechó que su padre se había olvidado de su existencia por completo.

–Gracias –murmuró con un nudo en la garganta.

–¿Te encuentras bien? Sé que habernos quedado aquí tirados es un fastidio, pero...

–No, estoy bien. No me pasa nada, de verdad –lo interrumpió Alyssa, incómoda–. ¿Tú crees que organizar meriendas con los empleados y formar equipos deportivos hará que la empresa sea más eficiente? –preguntó para cambiar de tema.

–Deja que te pregunte una cosa. ¿Qué sabes de la gente que trabaja en Skerritt y Crowe?

–No mucho –contestó Alyssa.

–Exactamente. ¿Tú crees que Geena Phillips ha estado trabajando últimamente como acostumbra?

Alyssa no tuvo que pensarlo. Geena había llegado tarde dos veces en las últimas semanas.

–No. Últimamente parece distraída, como preocupada por algo. Había pensado hablar con ella...

–No lo hagas. Una charla disciplinaria sólo incrementará el problema.

–Veo que tú sabes algo del asunto.

Caleb asintió con la cabeza.

–Tiene un problema de náuseas.

–¿Eh?

–Es su primer embarazo, no sabe dónde está el padre del niño y tiene miedo de no poder asumir esta situación.

Alyssa lo miró, atónita.

–No sabía que Geena estuviera pasando por todo eso.

–Porque en el pasado, la norma de la empresa era dejar tu vida privada en la puerta cuando llegabas a la oficina –suspiró él–. Geena es una buen contable que está pasando por un mal momento. Necesita nuestro apoyo, saber que no va a perder su trabajo. Ese tipo de animo por parte del jefe sirve de mucho con los empleados. Los inspira para trabajar más.

–Hablaré con ella –murmuró Alyssa–. Le diré que puede llegar un par de horas más tarde hasta que se encuentre mejor.

Caleb apoyó la cabeza en el respaldo del asiento.

–Muy bien, me alegro de que estés de acuerdo. Bueno, voy a echarme una cabezadita...

Acababa de decirlo y ya estaba dormido.

Mientras Alyssa apoyaba la cabeza en el respaldo del asiento para ponerse cómoda, tenía que admitir que las ideas de Caleb para dirigir a los empleados eran bastante sensatas. Basarse siempre en las normas no era necesariamente la mejor forma de hacerlo.

Pero la idea de que sus empleados la conocieran mejor la ponía nerviosa. Cuanto más sabía la gente sobre ti, más podían usarlo como arma arrojadiza. Al menos, ésa era la filosofía que le había enseñado su padre.

Alyssa suspiró. Si se quedaba en Skerritt y Crowe, hacerse amiga de sus empleados era algo a lo que iba a costarle mucho acostumbrarse.

No quería abrir los ojos. No quería dejar de soñar con dos fuertes brazos que la apretaban contra un torso masculino. Era maravilloso sentirse abrazada mientras dormía y quería disfrutarlo todo lo posible, aunque sólo fuera un sueño...

–Buenos días.

Alyssa abrió los ojos e intentó apartarse. No

estaba soñando. Estaba en los brazos de Caleb Walker. Y él parecía decidido a mantenerla allí.

–Esto... lo siento –murmuró, intentando apartarse de nuevo.

Pero Caleb no la dejó.

–Yo no lo siento en absoluto. Parecías tan cómoda... pensé que estabas dormida.

–Sí, bueno... es muy amable por tu parte pensar en mí –murmuró Alyssa, colocándose las gafas–. Pero...

–Cariño, pienso en ti más de lo que crees. De hecho, no he podido dejar de pensar en ti desde anoche.

–Pero si no pasó nada...

–¿Ah, no? Pues yo debo tener una imaginación muy poderosa porque después de ese beso salí de la habitación echando humo.

Alyssa sintió que se le paraba el corazón durante una décima de segundo y sus cuerdas vocales se habían quedado paralizadas.

–¿Quieres saber algo más?

–Yo... no estoy segura –contestó ella por fin.

–Quiero volver a hacerlo –sonrió Caleb, quitándole las gafas–. ¿Tú no quieres besarme?

Hipnotizada por sus ojos pardos con puntitos verdes y su prometedora sonrisa, Alyssa no dudó un momento:

–Sí.

–Tienes un pelo precioso –dijo él, quitando las horquillas que sujetaban el moño–. Deberías dejártelo suelto más a menudo.

–Nunca me ha gustado mi pelo.

–¿Por qué? –preguntó Caleb, acariciándolo–. A mí me parece tan suave como la seda.

Incapaz de respirar y mucho menos de pensar, Alyssa cerró los ojos mientras él le daba un beso. Y fue un beso tan tierno que la hizo sentir la mujer más querida de la tierra. ¿Qué tenía aquel hombre que le parecía tan irresistible?

Ella nunca había tenido problemas rechazando los coqueteos de otros hombres. Pero cuando Caleb la tocaba lo único que quería era que siguiera haciéndolo, saborear el deseo en sus labios y oír aquel acento sureño tan excitante mientras pronunciaba su nombre.

Cuando él usó la punta de la lengua para abrir sus labios, Alyssa decidió que no importaba que no tuviera voluntad en lo que se refería a Caleb Walker. La verdad era que le gustaba cómo la hacía sentir, le gustaba que la besara... y lo último que deseaba era que parase.

Caleb intentaba convencerse a sí mismo de que aquello no podía pasar, que Alyssa Merrick era una empleada de Skerritt y Crowe y que él no tenía por qué estar besándola.

Para empezar, era una ejecutiva y, considerando su historia con las ejecutivas, debería salir corriendo en dirección contraria. Además, dependía de ella y de los otros jefes de departamento para que su experiencia en Skerritt y Crowe fuera un éxito o, al menos, no un fracaso absoluto hasta que pudiera hacer el curso de dirección de empresas. No necesitaba una relación amorosa para complicar aún más las cosas.

Pero fuera sensato o no, era incapaz de resistir la tentación de abrazarla y besarla. Tenía que saber si era tan fantástico como recordaba que había sido la noche anterior...

Pero en cuanto rozó sus labios decidió que se había quedado corto. Nunca en sus treinta años había sentido lo que sentía cuando besaba a aquella mujer.

Enardecido, Caleb metió la mano por debajo de la blusa de seda beige. Su piel era tan suave como el satén, pensó, mientras acariciaba sus costados... y más arriba. Sin pensar, empezó a acariciar sus pechos por encima del sujetador, besándola en los labios, en el cuello...

Su delicado gemido de placer envió una ola de calor a la entrepierna de Caleb. Y cuando se dio cuenta de que Alyssa había desabrochado los dos primeros botones de su camisa y estaba explorando por su cuenta, se puso tan tenso que tuvo que cambiar de postura para aliviar la presión que sentía bajo la cremallera del pantalón. Saber que estaba tan excitada como él hacía que su presión arterial se pusiera por las nubes.

En ese momento la deseaba más que respirar. Quería tumbarla sobre el asiento y descubrir todos sus secretos. Quería compartirlo todo con ella...

—¡Idos a un hotel!

Caleb levantó la cabeza y vio a un grupo de

adolescentes que estaban observando la escenita.

Maldición. No podía haber elegido peor momento. El asiento delantero de la camioneta en una zona de descanso donde cualquiera podía verlos...

De modo que, suspirando, arregló la blusa de Alyssa y se apartó.

–Cariño, me encantaría seguir besándote... y mucho más. Pero si seguimos así, alguien va a llamar a la policía. Y no quiero que me detengan por conducta inapropiada en un lugar público.

Alyssa no dijo nada, pero el rubor de sus mejillas indicaba que también ella había olvidado dónde estaban.

–Es casi de día. ¿Qué hora es?

Caleb miró su reloj.

–Más de las ocho.

–¿Dónde está el coche? –exclamó ella–. Pensé que llegaría a las cuatro.

–Llega tarde.

–Ya te digo –murmuró Alyssa, metiéndose la blusa por la cinturilla de la falda–. ¿Los has llamado?

–El conductor pensaba que estábamos en la zona de descanso de Socorro y como no nos encontró allí, volvió a Albuquerque en lugar de llamar a Asistencia en Carretera para verificar la dirección.

No añadió que él no lamentaba el malentendido ni que el tipo fuera un incompetente.

Porque fuera sensato o no, había disfrutado mucho teniéndola en sus brazos mientras dormía.

–¿Van a enviar otro coche?

Caleb negó con la cabeza.

–Les dije que no se molestaran.

–¿Qué? –exclamó Alyssa entonces. Si las miradas matasen, él estaría frito.

–El mecánico de Truth or Consequences estará a punto de llegar con una correa de ventilador nueva. No necesitamos un coche de alquiler si dentro de quince minutos el asunto va a estar solucionado.

–Sí, en fin... esperemos –murmuró ella–. Pero yo quería llegar a la oficina antes que los demás. Quería pasar por mi casa para cambiarme de ropa... Estoy hecha un asco.

–No te preocupes. No llegaremos allí hasta media mañana –sonrió Caleb–. Cuando lleguemos, subes a tu coche y te vas a casa. Además, todo el mundo estará muy ocupado con sus cosas, no se fijarán en nosotros.

Alyssa lo miró, insegura.

–Espero que tengas razón.

No se lo dijo, pero también Caleb esperaba tenerla.

Capítulo Cinco

Cuando Caleb frenó en el espacio que tenía reservado en el aparcamiento de la empresa, Alyssa inmediatamente notó que algo raro le pasaba a su coche. Parecía estar inclinado.

–Parece que tienes una rueda pinchada –dijo Caleb.

–Genial. Justo lo que me faltaba. Ahora tengo que cambiar la rueda...

–¿Vas a hacerlo tú sola?

–Llevo cambiando ruedas desde que aprendí a conducir. Mi padre me enseñó.

–¿No tienes seguro a todo riesgo?

–No.

–Dame las llaves.

–Gracias, pero lo haré yo –contestó Alyssa, quitándose la chaqueta.

–No, en serio, quiero echarte una mano –insistió Caleb–. ¿Por qué no subes a la oficina? Aquí hace mucho calor.

Ella se mordió los labios. Hacía mucho calor, pero temía que alguien los viera juntos.

–No, gracias. Prefiero hacerlo yo.

Podía imaginar las miraditas en la oficina si entraba tal y como estaba: la falda arrugada, la blusa con alguna mancha y el pelo suelto porque Caleb había perdido las horquillas en el suelo de la camioneta.

–No seas boba –insistió él, abriendo el capó–. Yo puedo hacerlo...

–Y yo también.

–No hace falta que se manchen la ropa –intervino entonces Ernie Clay, el encargado del aparcamiento, sonriendo como el gato de Cheshire–. Clarence ha visto que el coche de la señorita Merrick tenía una rueda pinchada y ha llamado a mi cuñado, que tiene un taller y llegará en diez minutos para cambiar la rueda.

–Gracias, Ernie –sonrió Caleb, poniendo una mano en la espalda de Alyssa para empujarla hacia la entrada–. Estaremos en la oficina. Llámanos cuando hayan cambiado la rueda.

Lo último que ella quería era entrar en la oficina con Caleb. Pero antes de que pudiera protestar, él la llevó hacia los ascensores.

–Estoy hecha un desastre...

–A mí me parece que estás muy bien.

–Llevo el pelo suelto, tengo una carrera en la media... y se me ha corrido el rímel. Parezco un mapache.

Caleb le quitó las gafas para mirarla bien.

–Sólo tienes una manchita bajo el ojo izquierdo. A ver, espera...

Sorprendida por tan inesperada inspección,

se le cayó la chaqueta y tuvo que sujetarse a él cuando el ascensor se detuvo bruscamente.

–No hace falta...

Las puertas se abrieron en ese momento y para horror de Alyssa, Malcolm Fuller y todo el departamento de Relaciones Públicas la vio agarrada a Caleb mientras él le quitaba la mancha de rímel del ojo. Y, por sus expresiones, estaba claro lo que pensaban.

–Vaya, hola –los saludó Malcolm sin molestarse en disimular una risita–. Nos vamos a la primera merienda del equipo. ¿Queréis venir con nosotros?

–No, gracias –contestó Alyssa antes de que Caleb pudiera decir nada–. Que lo paséis bien.

Colorada hasta la raíz del pelo mientras tomaba la chaqueta del suelo del ascensor, se abrió paso entre ellos y entró directamente en su oficina. No esperó para ver si Caleb la seguía y le dio igual que siguiera teniendo sus gafas en la mano. Llevaba dos días con él y necesitaba un poco de espacio.

Aunque su padre desaprobaría su comportamiento y probablemente saldría de la tumba para recriminárselo por ser tan cobarde, lo único que deseaba era esconderse en su despacho hasta que le hubieran arreglado el coche. Después, tenía intención de irse a casa, meterse en la cama y pasar todo el fin de semana durmiendo.

Con un poco de suerte, cuando despertara el lunes, la pesadilla en la que se había sentido atrapada durante la última semana habría terminado.

Pero aunque lamentaba la pérdida de su bien organizado ambiente de trabajo, no podía negar que la atracción por Caleb seguía existiendo. Y el recuerdo de sus besos era suficiente para hacerla desear cosas que no debería desear.

Mientras iba hacia la sala de juntas para reunirse con un cliente, Alyssa por fin empezó a relajarse.

Había pasado una semana desde que volvieron de Roswell y, aparentemente, él estaba en lo cierto sobre que los cotilleos terminarían en cuanto todo el mundo supiera lo que había pasado. Afortunadamente, no había oído una sola palabra sobre la noche que pasaron juntos en el hotel ni sobre la escenita del ascensor. Además de alguna sonrisa pícara y alguna miradita de los compañeros, todo parecía de lo más normal.

–¿Alguien los ha visto juntos desde el viernes? –Alyssa oyó que preguntaba alguien al pasar frente a una puerta.

Y esa pregunta hizo que se detuviera de golpe.

–No, yo creo que están intentando ser discretos para que nadie se entere de que están teniendo una aventura –rió una mujer–. Por favor, pillarlos así en el ascensor y que luego quisieran convencernos de que tenía algo en el ojo... es para partirse. Deben pensar que somos tontos. He oído que a ella le faltaba la mitad de la ropa y que estaba arrancándole la camisa cuando se abrieron las puertas.

Alyssa sintió un escalofrío. Era como si la sangre que corría por sus venas se hubiera convertido en agua helada. Quería ponerse a gritar, decirles que estaban completamente equivocados, pero sabía que no valdría de nada.

–Hay una puerta que conecta los dos despachos –oyó que decía un tercero–. A saber lo que hacen cuando están solos.

–Y a saber cuántas veces al día se abre esa puerta para un pequeño tête–à–tête –dijo alguien más.

Las risotadas que provocó el malicioso comentario fueron como un puñal en su corazón. Sintiendo que el suelo se abría bajo sus pies, Alyssa volvió a su despacho. Había oído suficiente como para saber que su reputación profesional en Skerritt y Crowe estaba destrozada.

–Por favor, llama a Geena Phillips y dile que se reúna con el señor Holt en la sala de juntas –dijo, dejando una carpeta sobre la mesa de Geneva.

–¿Ocurre algo? –preguntó la secretaria–. No tienes buena cara.

–No me encuentro bien.

Eso era decir poco, pensó Alyssa, entrando en su despacho. De hecho, no se había sentido peor en toda su vida.

Había sido una ingenua al pensar que la gente no iba a cotillear a sus espaldas. ¿Cómo podía haber sido tan tonta? Los empleados no iban a hablar del tema delante de Caleb y ella.

Suspirando, se dejó caer sobre la silla y empezó a escribir una carta de dimisión. Esperaba tener otro trabajo antes de marcharse de Skerritt y Crowe, pero ya no tenía elección. No podía quedarse allí, de modo que aquella misma tarde estaría en el paro.

–Geneva me ha dicho que no te encuentras bien –Caleb acababa de entrar en su despacho sin molestarse en llamar a la puerta–. ¿Vas a ir al médico?

–No –contestó Alyssa.

Geneva, la traidora, se dedicaba a informar a Caleb Walker de todo lo que pasaba en la oficina.

–¿Por qué? Estás muy pálida. Puedo llevarte yo si quieres...

–No pasa nada, estoy bien. Y ahora, si no te importa, tengo trabajo que hacer.

–No te encuentras bien y no estás de buen humor –sonrió Caleb–. ¿Qué ocurre, estás en ese momento del mes?

Exasperada, Alyssa se levantó de la silla y lo miró con expresión airada.

–No te tolero comentarios como ése. ¿Quién crees que eres?

Él dio un paso atrás, sorprendido.

–Perdona, sólo era una broma...

–No se gastan ese tipo de bromas en una empresa.

–Pero...

–Te ruego que no me faltes al respeto y no te tomes confianzas que no se te han dado.

Caleb arrugó el ceño, perplejo.

–Lo siento, de verdad. Soy un bocazas.

–¿No se te ha ocurrido pensar que podría estar cansada, que tengo mucho trabajo, muchas cosas que hacer? Que un hombre sugiera esa estupidez cada vez que una mujer está cansada o no le apetece hablar es una vergüenza.

Él se dejó caer sobre una silla frente al escritorio, haciendo un gesto de rendición con las manos.

–Perdona, Alyssa. No volveré a hacerlo.

–Eso espero.

–Me han dicho que Geena está en la sala de juntas con el señor Holt y esa cuenta la llevas tú personalmente. Si no estás enferma, ¿cuál es el problema?

Demasiado cansada como para seguir discutiendo, Alyssa imprimió la carta de dimisión y la dejó sobre la mesa.

–Creo que esto lo explica todo.

Él miró la carta y levantó la cabeza, cada vez más sorprendido.

–No puedes marcharte.

–Claro que puedo.

–No pienso aceptar tu dimisión –Caleb rompió el papel en dos y se levantó–. ¿Se puede saber qué te pasa? Dime por qué de repente has decidido marcharte de Skerritt y Crowe. Sé que te encanta tu trabajo...

–Porque estabas equivocado.

–¿Sobre qué?

–Sobre los cotilleos y las especulaciones de los empleados.

–¿Cómo?

–Sobre lo que pasó en el hotel... y luego, en el ascensor. La gente habla de ello.

–¿Y por eso quieres irte?

–¿No te parece suficiente?

–No.

Caleb sabía que se habían convertido en el tema de conversación favorito de toda la empresa y, aunque no le hacía gracia, intentaba pasarlo por alto. En su opinión, explicar lo que había pasado no serviría de nada. La gente siempre estaba dispuesta a creer lo peor.

Desgraciadamente, los comentarios no eran lo que más le preocupaba. La posibilidad de que Alyssa se fuera de la empresa le resultaba intolerable. No se sentía orgulloso de tener que depender de ella profesionalmente, pero necesitaba su experiencia y sus conocimientos para llevar Skerritt y Crowe.

Pero aunque todo eso era importante, la verdadera razón por la que se ponía enfermo al pensar que Alyssa podría marcharse de Skerritt y Crowe era mucho más sencilla. Odiaba admitirlo, pero no podría soportar ir a la oficina todos los días y no encontrarla en su despacho.

Entonces se percató de que ella tenía los ojos llenos de lágrimas.

–Has oído algo que te ha molestado, ¿verdad, cariño?

–Según algunos, tú y yo lo pasamos fenomenal cuando cerramos la puerta del despacho –Alyssa levantó los ojos al cielo–. Varias veces al día.

Caleb soltó una risita.

–Creo que soy bueno en la cama, pero no sabía que lo fuera tanto.

–Yo no sé si eres bueno o malo y no me interesa –replicó ella enseguida–. Pero lo que sé es que no puedo supervisar el trabajo de los empleados cuando todo el mundo piensa que me acuesto con el jefe.

Caleb se acercó a ella entonces y levantó su barbilla con un dedo. Qué guapa era. Y le dolía tanto verla así...

–Todo se arreglará, Alyssa. Te lo prometo.

–No puedes prometer eso.

Parecía tan triste, tan desolada que tuvo que hacer un esfuerzo para no tomarla entre sus brazos. No era el mejor momento, desde luego.

Pero entonces se le ocurrió una idea. Era tan absurda que podría funcionar.

–Creo que tengo la solución.

–¿Qué?

–Creo que sé cómo evitar que sigan hablando de nosotros.

–¿Cómo?

–Dando pie a los rumores.

–¿Has perdido la cabeza? –exclamo Alyssa, atónita.

–Posiblemente –rió Caleb, tirando de ella para abrazarla–. Mi abuelo solía decir que la única forma de apagar un fuego era echando queroseno sobre las llamas.

–En otras palabras, que lo de la locura es algo que viene de familia, ¿no?

Caleb sonrió.

–Mi abuelo era bastante peculiar, sí. Pero la verdad es que también era un hombre muy sensato. Echa un poco de queroseno en la hoguera y se quema tan rápido que pronto sólo quedan cenizas. Si la dejas sola puede estar ardiendo durante mucho tiempo.

–¿Te importaría explicar qué tiene eso que ver con nuestro problema?

–Si le decimos a todo el mundo que estamos saliendo no habrá más especulaciones –contestó Caleb–. De hecho, a partir de este momento estamos prometidos.

–¿Qué?

–Luego, dentro de unas semanas anunciaremos que hemos cambiado de opinión y que sólo somos amigos.

–Ahora estoy segura de que has perdido la cabeza –suspiró Alyssa, apartándose–. No funcionaría.

–Claro que sí. Y cuanto antes anunciemos el compromiso, mejor para todos –Caleb le dio un beso en los labios y pulsó el botón del intercomunicador–. Geneva, pide a los empleados que se reúnan esta tarde a las cinco en el vestíbulo de abajo.

–Hecho –dijo la secretaria–. ¿Alguna cosa más?

–No. Gracias, Geneva –volviéndose hacia Alyssa, Caleb sonrió, muy seguro de sí mismo–. Dentro de unas horas, haremos el gran anuncio y el problema se habrá terminado.

Alyssa se dejó caer sobre la silla, aturdida.

–O será sólo el principio.

–Confía en mí, cariño. Un compromiso es justo lo que necesitamos en este momento para solucionar este problemilla.

Ella dejó escapar un suspiro.

–¿Problemilla?

Riendo, Caleb volvió a su despacho.

–¿Dónde está tu sentido del humor? Todo saldrá bien, ya lo verás.

Una vez solo, se acercó a la ventana para mirar la panorámica de la ciudad, pensativo. ¿Un compromiso falso? ¿En qué estaba pensando?

Pero cuando Alyssa le mostró la carta de dimisión, se le había encogido el estómago. No quería que se fuera porque le gustaba. Mucho. Ni siquiera recordar su mala experiencia con Leslie hacía que dejase de encontrarla atractiva.

Desde el viaje a Roswell la semana anterior, sólo podía pensar en lo bonita que estaba mientras dormía y en cómo le gustaba abrazarla...

Caleb sacudió la cabeza, intentando aclarar sus pensamientos. Si querían convencer a los empleados de Skerritt y Crowe de que estaban locos el uno por el otro, tendrían que planear el asunto cuidadosamente.

Pero tenían un fin de semana para hacerlo y él conocía el sitio prefecto para desarrollar una estrategia.

Ahora sólo quedaba convencer a Alyssa.

—Esto no puede funcionar —dijo Alyssa mientras tomaban el ascensor para bajar al vestíbulo.

—Tú muéstrate muy alegre, muy sonriente. Yo me encargo del resto. ¿Llevas el bolso?

—Sí, claro. Pero no sé por qué te empeñas en que lo lleve.

—Ya lo verás.

La sonrisa de Caleb dejaba claro que tenía algo planeado, pero Alyssa no sabía qué. No podía dejar de pensar en lo que estaba a punto de ocurrir. Seguramente los dos habían perdido la cabeza. En unos segundos, se abrirían las puertas del ascensor y le contarían a todos los empleados de Skerritt y Crowe que estaban prometidos.

¿Podía haber algo más ridículo?

Cuando el ascensor se detuvo, Caleb tomó su mano.

—¿Lista?

—No.

–Sonríe –susurró él cuando se abrían las puertas.

Mientras salía del ascensor, Alyssa estaba segura de que no parecía una mujer feliz sino una mujer a punto de vomitar. Y la sensación aumentó al ver a algunos de sus colegas intercambiando miraditas.

–Hola a todos –empezó a decir Caleb–. Desde nuestro viaje a Roswell la semana pasada ha habido muchas especulaciones sobre la relación que A.J. y yo mantenemos, y es por eso por lo que os hemos reunido a todos aquí. Queremos terminar con las especulaciones de una vez por todas.

Ya no había vuelta atrás. Alyssa respiró profundamente para darse valor y miró directamente a Caleb. No estaba segura de poder seguir adelante si miraba a otra persona.

–Sí, hay algo entre A.J. Merrick y yo –siguió él–. Y quiero anunciar que a partir de esta misma tarde, Alyssa y yo estamos comprometidos.

El anuncio fue recibido con un silencio de asombro pero, un segundo después, empezaron los aplausos. Y cuando Caleb la apretó contra su costado y la besó como un soldado que acabase de volver de la guerra, todos empezaron a gritar, entusiasmados.

–Alyssa y yo nos vamos de la ciudad para pasar el fin de semana, así que no intentéis localizarnos. Estaremos muy ocupados haciendo... planes de boda. Malcolm, tú estás a cargo de todo hasta el lunes.

El beso y el anuncio de Caleb de que iban a pasar fuera el fin de semana dejó a Alyssa estupefacta, pero lo que más la sorprendió fue que la tomara en brazos y la sacara del edificio ante los aplausos de los empleados.

Incapaz de encontrar su voz y sin saber qué hacer, le echó los brazos al cuello.

–¿Qué demonios... qué estás haciendo? –consiguió preguntar por fin mientras entraban en el garaje.

–Te saco de aquí como haría un caballero andante cuando ha encontrado a la doncella de sus sueños.

–¿No te parece que estás llevando esta farsa demasiado lejos? –preguntó ella cuando abrió la puerta de la camioneta para depositarla dentro.

–Si queremos que esto funcione, tiene que parecer que estamos locos el uno por el otro, ¿no?

–Sí, pero...

–¿No crees que todo el mundo espera que pasemos algún tiempo juntos? Especialmente después de habernos prometido.

–Muy bien, de acuerdo –suspiró Alyssa.

–Iremos a tu casa para buscar algo de ropa y luego pasaremos el fin de semana en la mía.

Sintiendo como si todo diera vueltas a su alrededor, ella lo miró, perpleja.

–Un momento, ¿cómo que vamos a pasar el fin de semana juntos?

–Piénsalo, cariño. Ed Bentley vive en el mismo edificio que tú. Aunque te quedaras encerrada en casa todo el fin de semana, vería las luces en las ventanas. El éxito del plan depende de esto.

—¿Por qué he dejado que me metieras en este lío? —suspiró ella.

—Porque los rumores te afectan mucho —contestó Caleb—. Además, tenemos que planear cómo vamos a preparar la ruptura del compromiso para que parezca real.

Todo parecía muy lógico, pero aún así ella seguía teniendo sus dudas. Ni siquiera sabía dónde vivía...

—Lleva una chaqueta o algo de abrigo —dijo Caleb entonces—. En las montañas hace fresco.

—¿Vives en las montañas?

—Sí. A unos treinta kilómetros de aquí. No me gusta mucho la ciudad.

—Sí, bueno... pero si no te importa, me gustaría estar sola unos minutos.

—De acuerdo. Y no olvides llevar el bañador. Tengo jacuzzi y piscina.

Mientras entraba en su casa, Alyssa no sabía si reír o llorar. ¿Por qué había dejado que la convenciera para llevar a cabo aquel ridículo plan?

Pero cuando terminó de guardar la ropa en una bolsa de viaje y habló con la señora Rogers para que diese de comer a su periquito, supo exactamente por qué. Sencillamente, no quería marcharse de Skerritt y Crowe y buscar trabajo en otra parte.

Otras asesorías financieras podrían ofrecerle las mismas oportunidades y el mismo salario, pero había algo que no iba a encontrar en ninguna otra empresa: un guapísimo director general de ojos pardos, una sonrisa de pecado y unos besos que la derretían por dentro como la mantequilla.

Capítulo Seis

Mientras abría la verja de hierro, Caleb se preguntó qué estaría pasando por la cabeza de Alyssa. Cuanto más se alejaban de la ciudad, más silenciosa iba ella.

—Si te preocupa cómo vamos a dormir, deja de darle vueltas —le dijo cuando entraban en la casa—. Hay tres dormitorios, así que eso no es problema. Puedes elegir.

—La verdad es que no lo había pensado.

—¿No? ¿Y en qué ibas pensando durante el viaje?

—Iba calculando cuánto cuesta una casa de este estilo y este tamaño y cuál es el potencial inversor en esta zona de las montañas Sandia. Parece que es una zona que empieza a llamar la atención del mercado inmobiliario.

Caleb rió.

—Eres una profesional, está claro.

—Sí, bueno... pero tú eres un experto en inversiones, supongo que eso es algo que también tú consideraste antes de comprar la casa.

—No, la verdad es que no —contestó Caleb.

No iba a decirle que la casa había sido un regalo de Emerald cuando aceptó hacerse cargo de Skerritt y Crowe ni que él no era un experto en inversiones–. Lo que me interesaba es que estaba más o menos escondida y que tenía varios acres de terreno.

Alyssa pareció aceptar la explicación y eso lo hizo respirar un poquito mejor. Pero el corazón estuvo a punto de salirse de su pecho cuando se detuvo frente a un retrato de Emerald Larson y el playboy de su hijo, Owen, su difunto padre.

–¿Son pariente tuyos? –preguntó.

El cuadro debía de tener más de veinte años y, aparentemente, Alyssa no había reconocido a Emerald. Con un poco de suerte, no la reconocería nunca.

–Son mi abuela y mi padre.

–Sí, ya veo el parecido.

Caleb la llevó al dormitorio antes de que pudiera estudiar el retrato más detenidamente y descubriera quiénes eran. Al fin y al cabo, la fotografía de Emerald Larson solía salir en los periódicos.

No había mentido deliberadamente y no pensaba hacerlo. Si Alyssa reconocía a los Larson, tendría que admitir que era uno de los herederos del imperio Emerald. Pero no los había reconocido, de modo que el peligro había pasado por el momento. Aunque mentir por omisión no era algo de lo que estuviera orgulloso, mentir deliberadamente no era su estilo.

–Decide en qué habitación quieres dormir –le dijo, abriendo una puerta. Ésta estaba pintada en amarillo y parecía un poco más femenina que las otras–. Todas tienen baño, pero ésta es, junto con el dormitorio principal, la única que tiene saloncito.

–Ésta me parece bien –contestó Alyssa, acercándose a la puerta de la terraza, que daba a la piscina–. Qué maravilla. Es una casa preciosa, Caleb. Debe ser estupendo vivir aquí.

–Sí, lo es. El terreno es muy diferente aquí que en Tennessee, pero estoy acostumbrándome.

No le contó que no tenía nada que ver con la granja en la que había nacido o que le costaba pensar que era suya, aunque había firmado el contrato de propiedad cuando aceptó la oferta de Emerald.

–¿Naciste en Tennessee?

–Sí.

–Yo nunca he estado al este del Mississippi, pero he oído que los estados del sur son muy bonitos.

–Lo son. En mi pueblo las montañas están cubiertas de árboles y todo es muy verde. Aquí también son bonitas, pero de otra forma. No hay tantos árboles y todo es marrón o naranja –dijo Caleb, pasándole un brazo por la cintura sin darse cuenta–. Tengo que llevarte a ver mis montañas algún día.

Alyssa se apartó.

–Caleb, ¿qué estamos haciendo?

Él se hacía la misma pregunta. Alyssa Merrick era el tipo de mujer del que había jurado apartarse, pero había algo en ella que le resultaba irresistible. Quería enseñarle el sitio en el que había nacido, quería decirle quién era y cómo había crecido. Y quería saberlo todo sobre ella.

Y eso le daba pánico.

De repente, necesitaba poner un poco de espacio entre los dos para pensar en qué lío se había metido, así que le dio un beso en la frente y se dirigió a la puerta.

—Bueno, te dejo para que coloques tus cosas. Yo voy a ver qué hay en la nevera.

Alyssa lo observó salir de la habitación dejando escapar un profundo suspiro. No le había pasado desapercibido que él evitó contestar a la pregunta. ¿Estaría tan confuso como ella? ¿Qué estaba pasando entre ellos?

No era una experta en asuntos del corazón, pero era evidente que había algo entre los dos. No podían estar juntos en una habitación durante cinco minutos sin tocarse, sin besarse...

¿Qué tenía Caleb Walker que la hacía olvidar la lección que había aprendido cinco años antes con un hombre exactamente igual que él? ¿No había sufrido suficiente? ¿No se había sentido tan humillada que juró que algo así jamás volvería a pasarle? ¿No sabía que algunos hombres eran capaces de cualquier cosa, incluso de aprovecharse de las mujeres, para medrar en su trabajo?

Sentada sobre la cama, Alyssa pensó en Wesley Pennington III, el hombre que le había enseñado lo duro que era el mundo ejecutivo y hasta dónde podían llegar algunos hombres para salirse con la suya. Guapo y encantador, Wesley la había enamorado un año después de que los dos empezasen a trabajar en la prestigiosa empresa Carson, Gottlieb y Howell. Y hasta el final de la relación de seis semanas, ella no había sabido que Wesley la estaba usando para conseguir información y robarle así un cliente.

Pero mientras comparaba mentalmente a Caleb y a Wesley, el cerdo, debía admitir que había pocas similitudes. Wesley no saldría jamás a la calle con vaqueros y botas ni cambiaría su estupendo dúplex ultramoderno por una casa en las montañas. Y eso sólo en la parte más superficial

–Wesley era un hombre sofisticado y tendía a mostrarse superior con los demás... con los que estaban por debajo de él, claro. Pero Caleb no era así. Todo lo contrario. Tenía una personalidad informal, alegre y trataba a todo el mundo por igual. No sólo trataba a los empleados de Skerritt y Crowe como si fueran sus colegas, sino que sus vidas parecían importarle de verdad.

Wesley Pennington era todo lo contrario. A Wesley no le importaba nadie que no fuera él mismo y era capaz de pisar el cuello de cualquiera con tal de llegar donde quería. A ella la había usado fingiendo un afecto que no sentía para conseguir el ascenso que debería haber sido suyo. Cuando Alyssa le pidió explicaciones, Wesley admitió que sólo había empezado a salir con ella para conseguir información. Pero el golpe más devastador llegó cuando oyó a sus compañeros cotilleando sobre aquel sórdido asunto. Evidentemente, porque Wesley había ido contando por ahí que se acostaban juntos.

Fue entonces cuando decidió que no tenía más remedio que marcharse de la empresa. Y, afortunadamente, encontró un puesto en Skerritt y Crowe.

Pero estaba segura de que Caleb nunca caería tan bajo, que nunca manipularía a un compañero para conseguir algo ni se pondría las medallas de nadie, aunque no fuera ya el director de la empresa.

Y tampoco la humillaría en público. Al contrario. Se le había ocurrido lo del compromiso para acallar los rumores, para que volviera a sentirse cómoda en Skerritt y Crowe...

Suspirando, Alyssa guardó sus cosas en los cajones de la cómoda y luego se puso un pantalón corto y una camiseta. Había intentado de todas las maneras posibles que no le gustase Caleb. Pero la verdad era que confiaba en él más de lo que había confiado en nadie en mucho tiempo. Y fuera sensato o no, debía admitirlo: si no estaba enamorada de él, estaba a punto de enamorarse.

–Gracias por la cena, estaba riquísima. Eres un buen cocinero.

–No lo creas –sonrió Caleb–. Poner algo en el grill y hervir verduras es lo único que sé hacer, además de huevos revueltos con beicon.

–Pues a mí me ha parecido buenísima. Y me alegro de que hayamos cenado en el patio. Aquí se está de maravilla –dijo Alyssa–. El paisaje es absolutamente precioso.

Caleb estaba de acuerdo; el paisaje era maravilloso. Pero no estaba mirando los cedros ni el valle. La mujer que estaba sentada frente a él era mucho más bonita.

Levantándose para no hacer alguna estupidez como tomarla entre sus brazos, empezó a recoger los platos.

–Me gusta sentarme aquí cuando se pone el sol. Además de los aullidos de algún coyote, es un sitio muy tranquilo.

–Deja que te ayude.

–No, no hace falta. Lo haré yo.

–Pero eso no es justo –protestó Alyssa–. Tú has hecho la cena y a mí me toca fregar los platos.

–No, mientras yo hago esto tú podrías ir a cambiarte.

–¿Cambiarme?

–Ponte el bañador. ¿No te apetece un jacuzzi? La burbujas son muy relajantes.

—Eso suena bien, pero... ¿seguro que no puedo ayudarte con los platos?

—No hace falta, voy a meterlos en el lavavajillas.

Por supuesto, Alyssa lo siguió hasta la cocina y Caleb tuvo que respirar profundamente para controlarse. Estaba a una décima de segundo de besarla hasta que los dos necesitasen respiración artificial o de llevarla a su habitación para hacerle el amor durante toda la noche.

Pero no podía decirle eso porque seguramente Alyssa le atizaría una bofetada y luego saldría corriendo hasta llegar a Albuquerque.

—Venga, ve a ponerte el bañador. Nos encontraremos en el jacuzzi en diez minutos —dio Caleb, sorprendido de que le saliera la voz. Dados los cambios que se estaban produciendo en su cuerpo en aquel momento, era una sorpresa que le funcionaran las cuerdas vocales.

—Muy bien —sonrió Alyssa. Una sonrisa que, naturalmente, le subió la tensión—. Pero mañana yo hago el desayuno.

—De acuerdo, cariño.

Aceptaría cualquier cosa con tal de que saliera de la cocina y lo dejase solo intentando controlar su enloquecida libido.

Pero mientras la veía alejarse, con aquellos pantaloncitos cortos... aunque le quedaban grandes, no podían disfrazar sus redondeadas caderas o el hecho de que sus torneadas piernas pudiesen abrazar a un hombre y llevarlo al cielo.

Caleb cerró los ojos y se obligó a sí mismo a respirar. ¿En qué estaba pensando cuando sugirió que se metieran en el jacuzzi? Si con sólo verla caminar se ponía como una piedra, ¿qué pasaría al verla en bañador?

La imagen mental que conjuró su superactiva imaginación hizo que se le doblasen las rodillas. Apoyándose en la encimera de la cocina, Caleb dejó escapar un gemido. ¿Cómo demonios iba a controlar sus impulsos durante aquel fin de semana?

Cuando sonó el teléfono, agradeció a quien fuera que interrumpiese aquellos turbadores pensamientos.

–Gracias.

–De nada. ¿Qué he hecho para que me des las gracias?

–Ah, hola, Hunter.

Cuando sus hermanastros y él descubrieron quiénes eran, decidieron permanecer en contacto, de modo que se llamaban a menudo. Y Caleb se alegraba de tener ese lazo con ellos.

–¿Por qué contestas al teléfono dando las gracias?

–No, nada, es que estaba pensando en voz alta –contestó Caleb, esperando que su hermano mayor olvidara el asunto.

–¿Qué tal el mundo financiero? ¿Algún consejo sobre dónde poner mi dinero para hacer una fortuna?

–Si quieres ganar dinero, el mejor consejo que puedo darte es que lo dejes donde lo tengas –bromeó Caleb.

–Pareces tan seguro sobre el mundo de las finanzas como yo dirigiendo una empresa de servicios médicos por helicóptero.

–¿Qué tal va?

–Llevo dando clases durante dos semanas y aún me pongo nervioso cuando veo una aguja.

–Al menos has dejado de desmayarte –rió Caleb.

–Sí, bueno, no sé yo... ¿Vas a ir al cumpleaños de Emerald a finales de mes?

–Me parece que no tenemos elección. Más que una invitación era una orden.

–Sí, desde luego –rió Hunter–. Ya sabía yo que la vieja iba a estar controlándonos todo el tiempo.

–¿Has hablado con Nick?

–Me llamó anoche y sugirió que quedásemos para tomar unas cervezas antes de ir a la fiesta de Emerald.

–Buena idea. Si vamos borrachos, la fiestecita de marras será más soportable.

–Totalmente de acuerdo.

Caleb colgó poco después y subió a su habitación para cambiarse. Estaba deseando ver a Nick y a Hunter de nuevo. Lo único que lamentaba era haberse enterado tan tarde de que tenía hermanos.

Pero no podía quejarse. Él había tenido una

infancia estupenda, el amor de su madre y unos abuelos totalmente dedicados a él. Había preguntado por su padre algunas veces, pero su madre se limitaba a sonreír y le decía que tuviera paciencia, que un día lo sabría todo. Después de algún tiempo, Caleb dejó de preguntar, y si había echado de menos a su padre, no lo recordaba. Su abuelo le había enseñado todo lo que necesitaba saber, desde cómo hacerse el nudo de la corbata hasta cómo pescar con cebo o lo que significaba ser una buena persona.

Pero mientras se ponía un pantalón corto, decidió que no podía decir que hubiera echado de menos tener una abuela tan manipuladora como Emerald Larson.

Por mucho que insistiera en que no iba a meterse en sus vidas ni en cómo dirigían los negocios que les había encargado, tenía la impresión de que conocía cada uno de sus movimientos y que no tendría el menor problema en hacerse cargo de todo si le parecía que no estaban haciéndolo bien.

Pero cuando Caleb salió al jardín y vio a Alyssa al lado del jacuzzi en bañador se olvidó de todo lo demás. Qué guapa estaba. Llevaba un bañador negro muy discreto, pero que abrazaba sus curvas como él había fantaseado que lo haría desde que la vio en su despacho el día que llegó a Skerritt y Crowe.

Y tampoco estaba equivocado sobre sus piernas. Eran largas, torneadas y perfectas para sujetar a un hombre mientras hacían el amor.

–Lo siento –se disculpó–. He tardado más de lo que pensaba. Me ha llamado uno de mis hermanos...

–No te preocupes; he oído el teléfono. Debe de ser estupendo tener hermanos, ¿no?

–¿Tú eres hija única?

–Sí. Pero me habría gustado tener un hermano o una hermana.

Caleb la tomó del brazo para ayudarla a entrar en el jacuzzi, pero en cuanto sus dedos rozaron aquella delicada piel, una descarga eléctrica recorrió su brazo hasta llegar directamente a su vientre. Metiéndose en el jacuzzi con piernas temblorosas, se sentó a su lado e intentó recordar de qué estaban hablando.

–Yo no siempre he estado en contacto con mis hermanos.

–¿Hay mucha diferencia de edad entre vosotros?

–No, somos más o menos de la misma edad –Caleb sabía que estaba caminando por terreno peligroso, pero quería ser tan sincero como fuera posible–. Tenemos el mismo padre, pero madres diferentes.

–Ah.

–¿Puedo preguntarte una cosa, Alyssa?

–Depende de lo que sea.

–¿Por qué te llaman por tus iniciales en el trabajo? Tu nombre es muy bonito.

«Como tú».

Ella se encogió de hombros.

–Mi padre solía llamarme de esa forma. Su

99

pongo que así creía que era el hijo que siempre quiso tener y no pudo.

Caleb acarició su cara. Daba igual que tuviera que pasar por un infierno, no podía dejar de tocarla.

–Seguro que te quiere más de lo que tú crees.

Ella permaneció en silencio durante unos segundos y luego asintió con la cabeza.

–Sí, supongo que es posible que me quisiera, pero eso es algo que no sabré nunca. Murió en una misión en Oriente Medio cuando yo estaba en la universidad.

Caleb se sintió como un completo idiota por sacar un tema tan doloroso y, sin pensarlo dos veces, la sentó sobre sus rodillas e hizo lo que pudo para no fijarse en las deliciosas curvas que se apretaban contra su cuerpo.

–No creo que sea buena idea...

–Calla –murmuró él, apretándola contra su pecho–. Lo siento, Alyssa, no quería hacerte recordar cosas dolorosas.

–No pasa nada. Nunca me hice ninguna ilusión sobre mi vida. Mi padre y yo no nos llevábamos demasiado bien.

–¿Y tu madre?

–Mi madre murió cuando yo tenía ocho años –suspiró ella–. Entonces mi padre me envió al internado Marsden.

–¿Tu padre te envió a un internado? –exclamó Caleb.

¿Cómo podía haberle hecho eso a una niña? No podía ni imaginar lo sola que debía haberse sentido. Era algo despreciable... ¿cómo podía abandonarla cuando evidentemente más lo necesitaba?

–En realidad, no tuvo elección. Pertenecía a la Armada y nunca sabía cuándo iban a enviarle a una misión.

–¿No podrías haberte quedado con algún pariente?

Caleb se preguntó por qué sus abuelos no habían hecho algo. Los suyos, desde luego, jamás lo habrían enviado a un internado. Apoyaron a su madre cuando quedó embarazada y la ayudaron a criarlo, aunque entonces no era socialmente aceptable que una mujer soltera tuviera un hijo.

Alyssa negó con la cabeza.

–Nunca conocí a mis abuelos. Mi padre creció con una familia de acogida y, por lo visto, mis abuelos maternos no creían que él fuera suficiente para mi madre. Cuando se escaparon para casarse durante la fiesta de graduación del instituto, mis abuelos rompieron todo contacto con ellos.

Alyssa no sabía por qué le estaba contando todo eso a Caleb. Normalmente, no le contaba los detalles de su vida a nadie. Pero resultaba fácil hablar con él, desahogarse.

–Y todo eso lo sufriste tú después.

–Sí, bueno, así es la vida. ¿Y tú? ¿Cómo fue tu infancia?

–Muy normal. Crecí en una granja en Tennessee...

–¿No me digas? Si no me hubieras dicho que eras del sur, nunca lo habría adivinado.

Caleb rió.

–Se puede sacar al chico del sur, pero es imposible sacar el sur del chico.

–¿Cómo era crecer en una granja?

–Supongo que como crecer en cualquier otro sitio. Hacía las mismas cosas que cualquier chico de mi edad... jugaba al béisbol en el colegio, ayudaba a mi abuelo en la granja y me bañaba desnudo en el río cada vez que tenía oportunidad. Sigo haciéndolo –sonrió Caleb.

–¿Nadas desnudo?

–Ni siquiera tengo un bañador. La única razón por la que llevo estos pantalones cortos ahora es para que no te pongas colorada.

De repente, Alyssa sintió un calor que no tenía nada que ver con el agua del jacuzzi.

–Yo nunca he nadado sin bañador.

–Pues deberías probarlo –sonrió Caleb, guiñándole un ojo.

Ella nunca había mantenido ese tipo de conversación subida de tono con un hombre y no sabía qué decir. De modo que cambió de tema:

–¿Dónde estudiaste?

–En colegios públicos de la zona.

–¿Fuiste a la universidad también en Tennessee?

–No hay equipo de béisbol como el de la universidad de Tennessee –contestó Caleb, tragando saliva–. Pero no quiero hablar de eso ahora

–dijo entonces, buscando sus labios–. ¿Tú sabes lo guapa que estás con este bañador?

Alyssa había intentado no pensar en que estaba sentada en sus rodillas, en bañador, dentro de un jacuzzi. Pero, de repente, se dio cuenta de que era de noche, que estaban completamente solos y sus muslos no eran lo único duro que podía notar bajo la pierna.

Y eso le hizo tragar saliva.

–Yo creo... que voy a sentarme en el asiento.

–Me gusta más tenerte aquí –sonrió él–. Tienes la piel de seda, Alyssa.

En los ojos de Caleb había un deseo tan ardiente que la quemaba por dentro.

–Esto es una locura.

–¿Quieres que pare? –preguntó él.

Sabía que era un error, pero no quería que parase. Quería que la besara, que la tocase. Quería sentir las manos de Caleb sobre su cuerpo. Y si era sincera consigo misma, eso era lo que había querido desde el viaje a Roswell.

–Eso es lo que es una locura, que no quiero que pares. Debería hacerlo, pero no es así. Yo no soy el tipo de persona que se suelta el pelo... pero estando contigo, no quiero analizar cada cosa que hago. No quiero ser sensata. Vivir el momento de repente suena tan tentador...

–Depende de ti, Alyssa. Sólo tienes que decirme lo que quieres y yo respetaré tus deseos –dijo Caleb con voz ronca–. Pero si dependiera de mí... ah, entonces te quitaría ese bañador y te mostraría lo sublime que es la tentación.

El sonido ronco de su voz hacía que temblase por dentro, que sus lugares secretos palpitaran con ansia, algo que jamás había experimentado.

—Quiero que me hagas sentir viva, Caleb. Quiero que me toques... —Alyssa respiró profundamente—. Y mucho más.

Capítulo Siete

Mientras la miraba, Caleb se preguntó si había perdido el poco sentido común que le quedaba. La increíble mujer que estaba sentada sobre sus rodillas acababa de decir que lo deseaba... pero lo que él estaba a punto de decir podría muy bien terminar una relación que ni siquiera había empezado.

Pero su sentido del honor no le permitiría seguir adelante sin antes darle la oportunidad de decir que no. Tenía la impresión de que aquélla podía ser una de las noches más importantes de su vida y no quería lamentar un solo minuto de lo que podían compartir.

–Alyssa, voy a contarte algo y quiero que lo pienses detenidamente.

Ella lo miró, aprensiva.

–Dime.

Caleb respiró profundamente y siguió adelante antes de que pudiera cambiar de opinión:

–Si sigo, no voy a parar. Voy a quitarme este bañador y a besar cada centímetro de ese precioso cuerpo tuyo. Voy a tocarte por todas partes hasta hacerte gemir de placer. Voy a hacer cosas que te vuelvan loca y que harán que grites mi nombre. Y luego, cuando creas que ha terminado, voy a empezar otra vez.

Para su inmenso alivio, el brillo que había en sus ojos azules, en lugar de desaparecer, aumentó. Pero tenía que oír esas palabras, tenía que oírla decir que quería hacer el amor con él.

–¿Eso es lo que quieres, Alyssa?

–Sí –no hubo un momento de vacilación antes de que formulara la respuesta, nada de reservas, nada de miedos.

Caleb buscó su boca entonces. Si le hubiera dicho que no, habría tenido que hacer un esfuerzo sobrehumano para apartase. Pero no había sido así. Y saber que lo deseaba lo suficiente como para bajar la guardia lo excitaba más de lo que hubiera creído imaginable.

Su suspiro de contento lo animó y empezó a acariciar su boca con la lengua con movimientos que recordaban al acto sexual. Besar a Alyssa empezaba a ser como una droga adictiva.

Cómo se apretaba contra él, cómo respondía a sus besos... era un sueño para cualquier hombre y demostraba lo que había pensado el día que la conoció. No era la mujer fría que quería aparentar, todo lo contrario. Era una mujer afectuosa y apasionada. Sólo le agradecía a Dios ser él el hombre que estaba a su lado cuando, por fin, se había desembarazado de su coraza protectora.

–Me gustas tanto... –murmuró, deslizando los labios hasta su garganta.

–No pares, por favor, no pares...

–Cariño, no hay posibilidad alguna de que eso ocurra.

Lentamente, moviendo los labios sobre su pálida piel como alas de mariposa, Caleb llegó hasta el hombro, hasta el valle entre sus senos... Inclinando un poco la cabeza, bajó el bañador y empezó a acariciar sus pezones con la lengua. Mientras chupaba uno de ellos, un gemido de placer escapó de los labios de Alyssa.

–¿Te gusta?

–Es maravilloso...

Caleb necesitaba sentir su piel y, de un tirón, le quitó el bañador y lo lanzó al borde del jacuzzi. Después hizo lo mismo con sus pantalones cortos.

–Alyssa, te deseo tanto que no puedo más –murmuró con los dientes apretados–. Creo que deberíamos salir de aquí y...

–Por favor, Caleb –lo interrumpió ella, enredando los brazos en su cuello–. Te deseo ahora. Ahora mismo...

Por supuesto, Caleb no discutió. Se puso de rodillas sobre el suelo del jacuzzi e intentó contenerse para hacerlo despacio. Para ello, apretó tanto los dientes que sería un milagro que no necesitara ortodoncia.

Pero mientras se guiaba a sí mismo hacia ella, comprobó que también había tenido razón en esa otra teoría sobre sus piernas... que sí, podían abrazar a un hombre para llevarlo al cielo.

Pero el gemido de Alyssa, sentir que contraía los músculos, hizo que se apartara enseguida.

–¿Qué ocurre? ¿Te he hecho daño?

–No, es que... ha pasado algún tiempo. Pero sigue, me gusta...

–Estoy tan excitado ahora mismo... –Caleb cerró los ojos un momento–. Creo que voy a arder por combustión espontánea.

–Hazme el amor, cariño.

Su tentadora petición y cómo se apretaba contra él liberó un ansia hasta entonces contenida y, ahogando un gemido ronco, Caleb la penetró de una sola embestida. Nunca había estado con una mujer que lo sujetara tan perfectamente como ella o que respondiera como lo hacía Alyssa. Eso era algo que sólo había logrado en sueños.

El momento era ideal, pero el agua burbujeante a su alrededor enardecía su pasión y no duró tanto como a él le habría gustado. Aquel momento que llevaba esperando desde que puso los ojos en ella... Los músculos femeninos que lo mantenían cautivo, el sonido de su voz susurrando su nombre, la asombrosa sensación que experimentó cuando Alyssa estaba llegando al final hicieron que Caleb también se dejara llevar. Gimiendo, empujó una vez más y la abrazó mientras se derramaba en ella.

Agotados, se quedaron abrazados durante largo rato antes de que Caleb volviera a poner los pies en la tierra. Y mascullando una palabra que solía reservar para cuando se pillaba un dedo o algún conductor le cortaba el paso, se apartó.

–¿Qué ocurre? –preguntó ella, sorprendida.

–Dime que tomas la píldora o que llevas algo... una de esas cosas para no quedar embarazada.

–No... no he tenido que hacer eso en mucho tiempo –murmuró Alyssa, como si también ella se hubiera dado cuenta por primera vez–. No hemos...

–Lo siento. No hay excusa para no haber tomado precauciones.

Alyssa se mordió los labios.

–No creo que tengamos que preocuparnos.

–Pero si quedas embarazada... yo estaré contigo, no te preocupes. Esto es una cosa de dos.

–Estoy cansada –dijo ella entonces–. Creo que me voy a dormir.

Caleb no intentó detenerla mientras salía del jacuzzi y se envolvía en una toalla. Los dos necesitaban tiempo para entender lo que había pasado.

No podía creer que hubiera sido tan inconsciente. ¿En qué estaba pensando?

En fin, era evidente en qué estaba pensando. En el pasado, nunca le había ocurrido algo así. Incluso antes de saber quién era su padre estaba decidido a no ser como el hombre que había dejado embarazada a su madre. Más que nadie, él debía haber pensado en usar protección...

Pero estaba tan excitado, tan obnubilado por Alyssa, que no pensó en nada más que en hacerle el amor.

Mascullando una palabrota, se lanzó de cabeza a la piscina. Cuando pasó del agua caliente al agua fría sus músculos protestaron, pero le dio igual. Tenía que enfriarse para pensar con claridad.

Cuando llegó al otro lado de la piscina después de diez largos, se detuvo para tomar aliento y, mirando hacia la casa, sacudió la cabeza. Tenía la impresión de que podría seguir nadando durante un día entero y no sería capaz de enfriar su ardor por Alyssa Merrick.

De modo que salió de la piscina, se enredó la toalla a la cintura y, después de tomar su bañador del suelo, se dirigió a su habitación. Tenía la impresión de que aquel fin de semana podían pasar dos cosas. O hacían el amor otra vez o el lunes por la mañana iba a tener que buscar atención médica debido a una erección perpetua.

Alyssa miraba el techo de la habitación mientras pensaba en lo que había pasado en el jacuzzi. Seguía sin creer lo que había ocurrido entre Caleb y ella. Era como si, de repente, se hubiera convertido en otra persona, una mujer sin inhibiciones que sólo vivía el momento, que se olvidaba de todo y no pensaba en las consecuencias.

Y ella no era así.

Nunca en sus veintiséis años había actuado de esa forma. Ni siquiera cuando se creyó enamorada de Wesley.

Pero un solo beso de Caleb y había perdido la cabeza. Era como si se hubiera convertido en parte de algo más grande, de otro ser diferente. Y si la reacción de Caleb era una indicación, a él le había pasado lo mismo.

Lo mejor que podía hacer era volver a casa, se dijo. Luego, el lunes por la mañana, insistir en que aceptara su dimisión efectiva inmediatamente.

Sabía que sus compañeros de trabajo no entenderían nada, ni por qué habían roto el compromiso ni por qué no trabajaba ya en Skerritt y Crowe, pero eso era algo que no podría evitar. Caleb podía contarles lo que quisiera. Ella no estaría allí para oír los comentarios y las especulaciones.

Apartando la sábana, saltó de la cama y se puso el albornoz. Cuanto antes volviera a la seguridad de su casa, mejor para todos. No sólo tenía que terminar de ampliar su currículum, también tenía que comprobar su calendario personal. Hasta que lo hiciera, no podría estar tranquila del todo.

–¿Caleb? ¿Estás despierto? –murmuró, llamando suavemente a la puerta de su habitación.

Como no hubo respuesta, se volvió hacia su dormitorio. Sólo había dado un par de pasos cuando la puerta se abrió.

−¿Querías algo?

Verlo allí, en el umbral de la puerta, con unos calzoncillos blancos, la dejó temporalmente sin habla.

Cuando estaban en el jacuzzi no había suficiente luz como para ver su cuerpo con claridad, pero a la luz de la lámpara de su habitación podía ver los detalles... el vello de su torso, los músculos bien marcados... Caleb Walker era la perfección en persona.

Sus pectorales, sus bíceps, sus anchos hombros, eran la prueba de que había estado años haciendo algo más que bañarse desnudo en el río. Pero cuando miró hacia abajo su pulso se aceleró...

El estómago de Caleb tenía tantos abdominales que parecía una tabla de lavar. Pero era lo que había debajo del estómago, debajo de los calzoncillos blancos, lo que la hizo tragar saliva. El algodón blanco era como una segunda piel y marcaba claramente lo que había debajo... que era mucho.

−Pareces un poco sorprendida.

¿Cómo no iba a estar sorprendida? Él estaba ahí, medio desnudo y no parecía en absoluto avergonzado.

−No, yo...

−¿Te encuentras bien, Alyssa?

Ella asintió con la cabeza porque sus cuerdas vocales se negaban a funcionar. Pero tenía que hacer un esfuerzo para recordar por qué había llamado a su puerta.

–Tenemos que hablar, cariño –dijo él entonces.

–Sí, estoy de acuerdo –contestó Alyssa por fin–. Tengo que preguntarte una cosa.

–Muy bien, entra y siéntate.

–No creo que sea buena idea.

–Yo creo que sí. Tengo que hacer una cosa.

–Caleb...

–No pasa nada, Alyssa. Sólo quiero que me escuches. ¿Puedes hacer eso?

–Sí, supongo que sí.

¿Por qué dejaba que él tomase el control de la situación? Había ido a decirle que se marchaba a casa... ¿por qué se dejaba convencer? ¿Por qué entraba en su dormitorio si sabía que eso era un peligro? Quizá era ese cuerpo, toda esa piel desnuda...

–Bueno, verás... quiero disculparme por lo de antes.

–¿Disculparte?

–No estaba enfadado contigo, Alyssa. Estaba enfadado conmigo mismo por no haber pensado en el preservativo...

–Eso es cosa de dos personas –lo interrumpió ella–. No habría aceptado que te enfadases conmigo.

Caleb sonrió.

–Pero la verdad es que he sido yo quien ha empezado... bueno, ya sabes. Y debería haberme detenido a pensar un momento. Lo siento mucho, de verdad. No quiero ponerte en un aprieto.

–No estabas solo en el jacuzzi, Caleb. Yo tengo tanta culpa como tú. Debería haber pensado...

–Es deber de un hombre proteger a una mujer.

Alyssa levantó las cejas, sorprendida.

–Yo creo que es deber de una mujer protegerse a sí misma. Soy mayorcita, Caleb. Pero no quiero discutir eso ahora. Supongo que los dos nos dejamos llevar y ya está.

–Sí, en eso tienes razón. Estaba tan caliente que lo que me sorprende es que el agua del jacuzzi no se pusiera a hervir.

Su sinceridad y ese cálido acento sureño eran tan encantadores, que Alyssa decidió salir de allí lo antes posible.

–Oye, ¿dónde vas? ¿No querías decirme algo?

¿Con él medio desnudo? ¿Con aquellos calzoncillos? No, mejor no, pensó ella. Además, ¿para qué había llamado a su puerta? No podía recordarlo.

Pero a Caleb no parecía importarle que sufriera amnesia temporal porque, sonriendo, inclinó la cabeza para besarla con una ternura que la hizo olvidar hasta su nombre. Mientras usaba la lengua para trazar seductoramente el borde de sus labios, Alyssa decidió que no tenía sentido seguir intentando recordar qué iba a decirle y decidió dejarse llevar...

El ronco gemido de placer cuando le echó los brazos al cuello resonó por todo su cuerpo. Y cuando Caleb apartó el albornoz para besar sus pechos se le doblaron las piernas. El calor de sus manos, sus jadeos, el roce de los fuertes muslos contra sus piernas... era imposible resistirse.

Caleb tomó su mano y la llevó hasta el calzoncillo.

—¿Ves cómo me pones?

—Caleb...

Estuviera bien o mal, deseaba volver a hacer el amor con él. Deseaba sentir su peso, sentir aquello que estaba tocando dentro de ella...

—Te deseo tanto, cariño. ¿Recuerdas lo que te he dicho en el jacuzzi?

—No... estoy segura.

¿Estaba a punto de quemarse viva y él quería que recordase algo que había dicho?

—Te prometí que iba a besarte por todas partes, que iba a tocarte por todas partes hasta que gritaras mi nombre, ¿no te acuerdas? Y que luego, cuando creyeras que había terminado, empezaría otra vez.

Esas palabras tan sugerentes hicieron que Alyssa sintiera un pellizco en el estómago.

—Y tengo intención de cumplir esa promesa. Voy a amarte como tú mereces ser amada. Ahora mismo, aquí mismo.

El pulso de Alyssa resonaba en sus oídos y, sin dudar un momento, asintió con la cabeza. Porque también ella quería eso.

Le pasó por la cabeza que estaba jugando con fuego y que había una seria posibilidad de que se quemara. Pero no quería pensar en eso. Quería que la abrazase, que la tocase, que el hombre que le había robado el corazón la hiciera sentir como una mujer.

Capítulo Ocho

Si Caleb le hubiera dado tiempo, Alyssa habría sentido pánico al descubrir que estaba enamorada de él. Porque lo estaba. Se había enamorado de Caleb.

Pero él ya estaba tomando el control y, levantándola como si no pesara nada, la llevó hasta su cama. Allí le quitó el albornoz y empezó a besarla por todas partes...

–Esta vez vamos a hacerlo despacio. Quiero saborearte toda, y cuando haya terminado no tendrás ninguna duda sobre lo especial que eres para mí.

Con cada una de sus palabras le temblaban las piernas un poco más, pero Alyssa intentó controlarse.

–Pienso recordártelo –murmuró.

–No hará falta.

Alyssa enredó los dedos en su pelo.

–Hay un par de cosas que me gustaría hacerte...

Estaba asombrada por su propia falta de vergüenza. Pero era como si con Caleb perdiera todas las inhibiciones. Y, por primera vez en su vida, se sentía libre para explorar su propia sexualidad.

—Vamos a quitarnos la ropa —sonrió él, tirando de su camisón.

Una vez hecho eso, le bajó las braguitas y se quitó los calzoncillos. Alyssa tragó saliva al verlo. No lo había visto en el jacuzzi, pero allí, con la luz encendida...

Tenía razón. El cuerpo de Caleb era perfecto. Duro y fibroso, no tenía una sola onza de grasa.

Pero era su erección lo que hizo que su corazón se detuviera un momento para luego lanzarse al galope. Caleb era más alto de lo normal y, aparentemente, el resto de su cuerpo iba a juego. Si no hubiera hecho el amor con él antes, podría haber tenido hasta miedo. Pero confiaba absolutamente en él. Aunque estaba tan excitado como ella, había tenido cuidado para no hacerle daño en el jacuzzi...

—Eres preciosa —dijo Caleb con voz ronca.

—Yo estaba pensando lo mismo de ti. Eres perfecto.

Su risa hizo que la temperatura de la habitación subiera un par de grados.

—No soy perfecto, cariño, pero ya sabes lo que dicen de la práctica.

Alyssa se puso colorada.

—No quería decir...

—Lo sé, lo sé. Pero pienso pasar el resto de la noche intentando que sea perfecto para ti —sonrió Caleb, abrazándola.

Si sus palabras no hubieran hecho que se

derritiera, el calor de su piel, la fuerza de sus músculos, lo habrían conseguido. Alyssa sintió un escalofrío por la espalda y supo que él sentía lo mismo.

Cerrando los ojos, disfrutó de las diferencias entre un hombre y una mujer... el contraste entre su vello y la suavidad de su piel, sus curvas y los fuertes músculos masculinos...

–Me gusta apretarme contra ti.

–Y a mí me gusta estar dentro de ti.

A Alyssa se le doblaron las rodillas.

–A mí también.

–Sigue hablando así, cariño, y me iré antes de lo que los dos queremos.

Antes de que ella pudiera responder, Caleb capturó sus labios con un ansia desesperada que creó un incendio entre sus piernas. Pero cuando se apartó para mordisquear su cuello, cuando bajó la cabeza para meterse un delicado pezón en la boca, creyó que iba a explotar. El roce de su lengua, los suaves tirones sobre el sensible pezón hacían que la tensión en su pelvis fuera insoportable.

Un gemido escapó de su garganta mientras sujetaba su cabeza. La deliciosa sensación que Caleb creaba con sus labios la estaba volviendo loca.

–¿Te gusta? –preguntó él, besando su abdomen.

Alyssa asintió con la cabeza.

–Por favor, sigue...

–Dime lo que quieres, cariño.

–Más.

–¿Estás segura?

Había una advertencia en esa pregunta. Estaba pidiéndole confianza, pidiéndole permiso para llevarla a sitios donde no la había llevado ningún hombre.

–Sí.

Si no hacía algo pronto, iba a morirse.

Sin decir otra palabra, Caleb levantó la cabeza y la pasión que vio en sus ojos le robó el aliento. Deslizando las manos por sus caderas, la sujetó mientras acariciaba el interior de sus muslos. Su corazón latía con tanta fuerza que casi le hacía daño mientras, centímetro a centímetro, él iba acercándose al triangulo de rizos. Cuando por fin llegó a su objetivo y empezó a acariciarla sabiamente con los dedos, Alyssa sintió que una ola de placer irradiaba desde allí a todo su cuerpo.

–¡Dios mío!

–¿Te gusta? –preguntó él.

–Sí.

–¿Quieres más?

–Por favor...

Caleb empezó a besar el interior de sus muslos poco a poco hasta llegar al centro. Y Alyssa cerró los ojos, agarrándose a la sábana.

–Me siento... como si estuviera ardiendo.

–Tranquila, cariño. Aún falta mucho.

Y entonces Caleb inclinó la cabeza y le dio el beso más íntimo que un hombre podría darle a una mujer.

–Por favor...

–¿Qué quieres, cariño?

–A ti. Ahora.

–¿Por qué? –preguntó él.

–Porque no aguanto... más.

–Abre los ojos, Alyssa. ¿Recuerdas lo que te dije?

–No.

¿Esperaba que pensara en un momento como aquél?

–Te dije que cuando creyeras que todo había terminado empezaría otra vez.

Si pudiera encontrar su voz, le habría dicho que, si empezaba otra vez, seguramente se volvería loca. Pero antes de que tuviera oportunidad, él inclinó la cabeza e hizo realidad la promesa.

Acariciando su cuerpo con las manos y los labios, Caleb la llevaba casi hasta el final... y cuando pensaba que estaba a punto de encontrar la liberación, se detenía un momento para que se relajara y luego volvía a empezar.

Era una tortura exquisita.

–No puedo... más... no puedo aguantarlo más –la tensión dentro de ella era insoportable–. Por favor, hazme el amor, Caleb. Ahora.

Él la besó con una ternura que llenó sus ojos de lágrimas.

–Un minuto, cariño –sonrió, abriendo el cajón de la mesilla para sacar un preservativo–. No voy a meter la pata por segunda vez –dijo entonces, poniéndoselo.

Después, la tomó entre sus brazos y, abriendo sus piernas con la rodilla, la miró a los ojos mientras se colocaba entre sus muslos. El pulso de Alyssa latía en sus oídos mientras él, con cuidado, penetraba en la húmeda cueva.

Cuando estaba completamente inmerso en ella, lo vio cerrar los ojos y se dio cuenta de que estaba intentando controlarse.

–Creo que... me he muerto y estoy en el cielo.

–Llévame al cielo contigo, Caleb –susurró ella.

Lo sintió temblar antes de que abriera los ojos. El deseo que había en ellos era un reflejo del suyo y, mientras se movía, Alyssa le echó los brazos al cuello para unirse a la danza del amor.

Sin dejar de mirarla, Caleb se movía despacio, tan despacio que Alyssa se sintió querida como sólo había imaginado que podría sentirse con un hombre. Él debió darse cuenta de que las deliciosas sensaciones empezaban a crecer en su interior porque aumentó el ritmo y Alyssa se mordió los labios cuando notó que estaba a punto de perder la cabeza.

De repente estaba allí, llegando, y gritó su nombre abrazándolo con fuerza, intentando absorberlo dentro de su alma.

No más de un segundo después, sintió que Caleb se ponía tenso y lo oyó pronunciar su nombre mientras se derramaba dentro de ella.

Cuando cayó sobre su pecho, Alyssa lo apretó contra su corazón, sintiendo una emoción que no había sentido nunca. Y en ese momento supo sin sombra de duda que había hecho lo impensable: se había enamorado de Caleb Walker.

El viernes siguiente, Caleb estaba en su despacho golpeando el escritorio con el bolígrafo y mirando al vacío. No había sido capaz de hacer nada en toda la semana. Lo único que hacía era ir por ahí con cara de tonto y pensar en lo fantástico que había sido el fin de semana. Y lo maravillosa que era Alyssa.

Respondía en la cama como él había soñado siempre que lo haría la mujer de sus sueños. Habían pasado todo el tiempo haciendo el amor, durmiendo uno en los brazos del otro y haciendo el amor de nuevo por la mañana.

Cuando sintió la familiar presión bajo la cremallera de los pantalones, Caleb respiró profundamente. Sólo tenía que pensar en ella y se excitaba tanto que le costaba respirar.

Pero su deseo por Alyssa no era sólo algo físico. Después de conocer a la mujer que había bajo aquel traje de chaqueta demasiado ancho y esas gafas que no necesitaba en absoluto, había descubierto a una chica madura, divertida, compasiva y con un gran sentido del humor.

¿Cómo podía haber pensado que se parecía a Leslie Ann?

Aunque no hubiera comprobado los informes de la empresa, sabría que Alyssa había usado el cerebro y los títulos académicos para llegar donde había llegado en Skerritt y Crowe. Había trabajado mucho y no tuvo que pisarle el cuello a nadie para llegar a directora de operaciones seis meses atrás.

Pero Leslie Ann había buscado el camino más fácil. Ella haría lo que fuera para medrar en la escala profesional. Incluso recordaba haberla oído jactarse de haberse puesto medallas por algo que había hecho su secretaria.

Caleb no tenía dudas de que habría salido de su lecho de muerte para acudir a una fiesta en la que pudiera relacionarse con los jefes o que sería capaz de besarle el trasero al ejecutivo de turno para conseguir lo que buscaba.

Disgustado consigo mismo por haber perdido dos años con una mujer tan egoísta y tan deshonesta, Caleb sacudió la cabeza. Leslie Ann nunca sería como Alyssa. Y en algún momento entre el día que entró en su despacho sin avisar y aquel fin de semana, se había enamorado de ella.

Su corazón empezó a latir como un caballo desbocado y se quedó un momento sin respiración. ¿Cuándo había roto Alyssa sus defensas? ¿Por qué no se había dado cuenta de lo que estaba pasando?

Caleb se quedó inmóvil durante unos minutos, sintiendo como si le hubiera pasado por encima todo el equipo de Los Titanes de Tennessee. No podía haber elegido peor momento. Acababa de llegar a Skerritt y Crowe y aún no había empezado con las clases de dirección de empresas...

Apoyando un codo en la mesa, enterró la cara entre las manos. Ahora que había encontrado a Alyssa no pensaba dejarla escapar. Pero ¿qué iba a hacer? No podía mantener una relación con ella a menos que le dijera quién era en realidad y que no tenía más que un título de bachiller con su nombre.

Se había metido en un buen lío, pensó, levantando la cabeza para mirar la ciudad de Albuquerque por la ventana.

¿Cómo demonios iba a decirle que era un fraude, que no estaba cualificado para dirigir una empresa como Skerritt y Crowe? ¿Y cómo reaccionaría ella cuando supiera que era uno de los nietos de Emerald Larson?

—Caleb, tienes una llamada —dijo Geneva por el intercomunicador, interrumpiendo sus pensamientos.

—Dile que deje un mensaje.

—Es la señora Larson —añadió la secretaria.

Genial. Justo lo que necesitaba en ese momento, una conversación con su manipuladora abuela.

—Gracias, Geneva. Pásamela —respirando profundamente, Caleb levantó el auricular—. Hola, Emerald.

—Caleb, cariño, ¿cómo estás? —Emerald Larson tenía tres cuartos de siglo, pero su presencia y su voz eran las de una mujer mucho más joven.

125

–Estaba haciendo algo importante en este momento. ¿Puedo llamarte por la noche?

–Sí, claro. Tienes el número de la mansión, ¿verdad?

–Por supuesto.

–Muy bien. Suelo acostarme alrededor de las diez. Llámame antes de esa hora.

Luego colgó, sin que Caleb pudiera replicar.

–Pues nada, adiós –murmuró, irritado.

Se preguntó qué querría Emerald, pero dejó de pensar en ello al oír la voz de Geneva.

–Caleb, te necesitan en la cocina.

–¿En la cocina? ¿No puede esperar?

Cuando Geneva no contestó, Caleb se levantó y asomó la cabeza en la secretaría. Pero Geneva no estaba en su mesa.

–¿Te ha llamado Geneva para que vayas a la cocina? –preguntó Alyssa, que salía en ese momento de su despacho.

–Sí.

–A mí también.

–¿Te ha dicho para qué?

–No –contestó ella, mirando alrededor–. ¿Dónde está todo el mundo?

Caleb se encogió de hombros.

–Ni idea.

Pero no estaba pensando en eso. Estaba pensando que nunca la había visto más guapa. Desde el fin de semana, llevaba el pelo suelto y había cambiado el ancho traje de chaqueta por blusas de color pastel y pantalones de lino.

Aquel día iba de beige y rosa y estaba tan bonita que se la habría comido.

–¿Te he dicho lo guapa que estás hoy? –sonrió, dándole un beso en la punta de la nariz.

–Yo estaba pensando lo mismo –rió Alyssa.

–Tenemos que hablar –dijo él de repente.

No sabía cómo iba a reaccionar cuando le dijera la razón por la que se había hecho cargo de la empresa, pero sabía que no podía seguir escondiéndole ese secreto.

–Ven a casa a pasar el fin de semana.

–No sé...

–Yo sí –la interrumpió Caleb–. Se supone que estamos planeando nuestra boda. ¿No crees que la gente esperará que pasemos el fin de semana juntos?

–Mi pobre periquito pensará que lo he abandonado –murmuró Alyssa, apoyando la cabeza en su pecho.

Pero Caleb no pensaba dejar que un pájaro le impidiera estar con la mujer más deseable que había conocido nunca.

–Lo llevaremos con nosotros.

–¿En serio?

–Sí.

–¿Vamos a hablar de mis ideas sobre la sala de descanso?

–Entre otras cosas –contestó Caleb.

–Ah, ahí estáis –los llamó Geneva desde el pasillo–. Por favor, daos prisa. Os necesitamos en la cocina. Es una emergencia.

–¿Qué ocurre, Geneva?

–Venid conmigo y lo veréis.

Cuando llegaron a la cocina fueron recibidos por un coro de voces. Todos los compañeros estaban allí, con globos y gorritos de fiesta gritando:

–¡Enhorabuena!

–¿Se puede saber qué es esto? –rió Caleb.

–Una fiesta sorpresa –contestó Geneva–. Queríamos que supierais que estamos muy contentos por vuestra boda.

–No sé qué decir... –murmuró Alyssa.

–Pues yo sí –dijo Malcolm Fuller, sonriendo de oreja a oreja mientras les ofrecía sendas copas de champán–. Como soy el mayor de los empleados en Skerritt y Crowe, tengo el honor de ser el primero en brindar por la feliz pareja.

–Venga, haz un discurso –gritó alguien.

Malcolm se aclaró la garganta.

–Es un placer para mí poder celebrar la felicidad de Caleb y Alyssa. Que vuestro compromiso sea breve y vuestra boda perfecta, que la luna de miel sea interminable y vuestra unión una vida entera.

Todos levantaron sus copas y aplaudieron después, para felicitar a los novios.

–Felicidades, chicos –dijo alguien–. Hacéis una pareja perfecta.

Mientras recibía las felicitaciones, Caleb se dio cuenta de que eso era exactamente lo que quería... una larga y feliz vida con Alyssa Merrick a su lado. Quería hacerle el amor todas las noches y despertar con ella entre sus brazos cada mañana durante el resto de su vida.

Y cuando ella levantó la mirada, supo que caminaría sobre brasas encendidas sólo para hacerla feliz. Si Alyssa le dejaba, tenía intención de que aquel compromiso fingido se convirtiera en realidad.

Capítulo Nueve

Después de nadar un rato en la piscina, Alyssa se sentó entre las piernas de Caleb en una tumbona, viendo las sombras que empezaban a caer sobre el paisaje.

¿Qué iban a hacer ahora?, se preguntó. La fiesta sorpresa había sido un gesto precioso y agradecía mucho la simpatía de sus compañeros, pero eso había complicado mucho más la situación.

Caleb y ella no podían romper el compromiso de inmediato. Quedaría muy raro y, sin duda, todos sabrían que había sido una mentira desde el principio.

Desgraciadamente, seguir fingiendo que estaban prometidos era un problema mucho mayor. Cuanto más tiempo pasara haciendo el papel de prometida de Caleb, mas desearía que el compromiso fuera real.

—Esta noche estás muy callada, cariño —la voz de Caleb en su oído hizo que se le pusiera la piel de gallina.

—Me gusta mirar las sombras cayendo sobre el valle.

–Además del paisaje, ¿hay algo que te guste de estar aquí?

–Pues... no sé, la piscina.

–¿Alguna cosa más? –insistió él, mordisqueando su oreja.

Alyssa cerró los ojos.

–El jacuzzi está muy bien.

–Sí, es verdad. Es muy relajante. Y muy húmedo. Y definitivamente muy caliente –dijo Caleb, tirando del bañador hacia abajo para acariciar sus pechos–. Y un sitio estupendo para hacer el amor.

–Si no recuerdo mal, eso es lo que has dicho de la piscina, del sofá del salón, de tu cama, de...

–Cualquier sitio es un buen sitio para hacer el amor, cariño.

–Eso quedó claro el fin de semana pasado. Creo que hicimos el amor en todas las habitaciones de la casa, además de en el jacuzzi y en la piscina.

–Hay un sitio en el que no hemos hecho el amor todavía –rió él entonces–. Y creo que ha llegado la hora de probar.

–¿Dónde?

–Ven conmigo.

Alyssa se levantó y Caleb tomó su mano para llevarla al cuarto de baño principal.

–¿Aquí?

–Quítate el bañador. Tienes un cuerpo demasiado bonito como para ocultarlo.

–¿Incluso en la oficina? –bromeó Alyssa.

–No, de eso nada. Yo no comparto –rió Caleb, tirando del bañador–. Verte así es sólo para mí, para nadie más.

–Lo mismo digo –murmuró ella, quitándole los pantalones–. Me encanta tu cuerpo. Pero no quiero que ninguna otra mujer te vea desnudo.

–Sólo para ti, Alyssa. Sólo para tus ojos –dijo él, mientras abría el grifo de la ducha.

–¿En serio?

Caleb la miró, sorprendido.

–Claro.

–Entonces... ¿puedo hacer lo que quiera contigo?

–Lo que tú quieras, soy todo tuyo –sonrió Caleb, tomando su mano para entrar en la ducha.

–¿Todo lo que yo quiera?

–Todo.

Alyssa se preguntó si tendría valor para hacer lo que estaba pensando. Pero, sin pensarlo más, alargó la mano y empezó a acariciar su rígido miembro.

–Cariño...

El placer era tan delicioso que Caleb tuvo que cerrar los ojos.

–Abre los ojos –le ordenó ella.

–¿Qué haces...? –empezó a decir. Pero Alyssa ya se estaba poniendo de rodillas–. No tienes que... –Caleb apretó los dientes con tal fuerza que seguramente se habría roto la mandíbula, pero le dio igual. El íntimo beso enviaba un río de fuego líquido por todo su cuerpo y no estaba seguro de que sus piernas le sujetasen.

–Si sigues haciendo eso, no voy a poder aguantar...

–¿No te gusta?

–El problema es que me gusta demasiado –contestó él con voz ronca–. Quiero que estemos los dos juntos para la gran final y pienso estar dentro de ti cuando eso ocurra.

Riendo, Alyssa se incorporó y él la estrechó entre sus brazos.

–¿Me deseas?

–Sí.

–¿Ahora?

–Sí.

De alguna forma, Caleb encontró fuerzas para salir de la ducha y volver con un preservativo colocado en su sitio. Sin decir nada, tomó a Alyssa por la cintura y la colocó de espaldas, mirando a la pared.

–¿Qué haces...?

–¿Confías en mí?

–Sí.

–Voy a acariciarte por todas partes mientras te hago el amor.

Caleb la levantó y con un solo movimiento entró en ella por detrás. El suave gemido de placer de Alyssa, mezclado con su propio gemido ronco, envió olas de deseo por todo su cuerpo y tuvo que hacer un esfuerzo para no empezar a empujar como un loco.

Sentir que ella lo sujetaba, sus músculos interiores ajustándose a su tamaño, casi le hizo perder la cabeza. Pero, decidido a que los dos disfrutasen, cubrió sus pechos con las manos mientras la mordía en el cuello.

Sus cuerpos, mojados, se movían al unísono, y deseando que ella llegara al orgasmo tan pronto como él, Caleb deslizó una mano para tocarla íntimamente. Acariciándola con el mismo ritmo con el que movía su cuerpo, sintió que sus músculos interiores se contraían y luego lo acariciaban suavemente cuando encontró la culminación que ambos estaban buscando. Su liberación despertó la propia y, sujetándola con fuerza, Caleb la siguió al otro lado del abismo mientras se vaciaba dentro de la mujer de la que estaba enamorado.

Cuando su mente empezó a aclararse un poco, la dejó en el suelo y le dio la vuelta.

–¿Te ha gustado?

–Sí.

Incluso con el pelo mojado y pegado a la cara, era la mujer más bella que había visto nunca. Y tenía intención de hacerla suya de forma permanente.

Pero no podía hacer eso hasta que le hubiera contado todo: quién era en realidad, por qué estaba dirigiendo Skerritt y Crowe, que no tenía el título universitario que necesitaba para dirigir una asesoría financiera... Sólo esperaba que ella lo perdonase.

–Tenemos que hablar, cariño.

–¿Aquí?

—No, aquí no, tonta. Vamos a secarnos... y luego, a la cama.

—Me gusta cómo suena eso.

Tomando su mano, Caleb la sacó de la ducha.

—Te gustará más lo que tengo en mente.

A la mañana siguiente, Alyssa despertó al oír a Caleb cantando... o más bien aullando una popular canción country en la ducha. No podía dejar de sonreír. Su costumbre de cantar por la mañana le parecía enternecedora.

Se habían conocido sólo unas semanas antes, pero en ese tiempo había descubierto que no había nada en Caleb Walker que no le pareciese absolutamente irresistible.

Era abierto, confiado, compasivo y cuando hacían el amor siempre pensaba en ella antes que en su propio placer. Y aunque había tenido serias dudas cuando llegó a Skerritt y Crowe, debía reconocer que tenía buenas ideas para mejorar el ambiente de trabajo. Desde su llegada, los empleados parecían más contentos y su rendimiento había mejorado. Incluso habían conseguido nuevos clientes.

Pero mientras pensaba en las razones por las que se había enamorado de él, no podía evitar preguntarse de qué quería hablar con ella. Se lo había dicho antes de la fiesta en la oficina y luego en la ducha, pero... no habían encontrado el momento, evidentemente. Era difícil encontrar un momento para hablar con Caleb cuando lo único que deseaba era comérselo a besos.

¿Habría decidido que aquel compromiso inventado era un peligro para él? ¿Querría hablar sobre cómo iban a romperlo para que pareciese real?

Se le encogió el estómago al pensar que quizá no volvería a estar entre sus brazos, que no volvería a besarlo... le había entregado el corazón, pero no sabía lo que Caleb sentía por ella.

Como también ella tenía que hacerle algunas preguntas, Alyssa apartó la sábana y se levantó de un salto. Encontró una camisa de Caleb sobre la silla y se la puso a toda velocidad. Dormir denuda con él era maravilloso, pero si tenían que hablar, sería mejor llevar algo puesto. De esa forma no podrían distraerse.

Pero cuando iba hacia la cocina, sonó el teléfono, y Alyssa miró el reloj, preguntándose quién podría llamar tan temprano un sábado por la mañana. Y en la pantalla del teléfono decía Número Privado.

—¿Te importa contestar? —gritó Caleb desde la ducha.

—No, claro... ¿Dígame?

Al otro lado del hilo hubo un silencio.

—¿Con quién hablo? —oyó una voz de mujer.

—¿Con quién quiere hablar? —preguntó Alyssa, arrugando el ceño.

—Con mi nieto, Caleb. ¿Está ahí?

–Pues... en este momento no puede ponerse. ¿Quiere dejar un mensaje?

–¿Es usted la señorita Merrick? –preguntó la mujer.

–Sí, soy yo –contestó ella, sorprendida. ¿Cómo podía saber quién era?

–Soy Emerald Larson. Me había parecido reconocer su voz... ¿Cómo está? Me parece que no hemos tenido oportunidad de hablar desde que llamé para decir que había comprado Skerritt y Crowe.

El estómago de Alyssa se encogió. ¿Emerald Larson, una de las mujeres más ricas del país, una de las empresarias más famosas del mundo era la abuela de Caleb?

–Debo darle las gracias por todo lo que ha hecho por Caleb, querida. He oído que mi nieto y usted forman un equipo estupendo. Considerando la falta de formación académica de Caleb, pasar de granjero a director de una asesoría financiera era un reto tremendo. Pero no me sorprende que haya tenido éxito. Después de todo, es un Larson.

–Sí, claro –murmuró Alyssa, sintiéndose enferma.

–Seguro que en cuanto haga unos cuantos cursos en la universidad se pondrá al día y no tendrá que depender tanto de usted para dirigir Skerritt y Crowe. Pero le aseguro, querida, que recibirá usted una compensación por sus esfuerzos.

Alyssa tenía que colgar antes de que su frágil compostura saltara en mil pedazos. Había vuelto a hacerlo. Había vuelto a enamorarse de un hombre que sólo quería usarla para conseguir un objetivo. La única diferencia era que ahora se había enamorado del jefe.

–Tengo que colgar, señora Larson. Le diré a Caleb que ha llamado.

Antes de que la mujer pudiera responder, Alyssa colgó y se llevó una mano al corazón. Cuando levantó la mirada, Caleb estaba saliendo del baño con una toalla a la cintura.

–¿Quién era?

–Tu abuela –contestó ella sin mirarlo–. Emerald Larson es tu abuela, ¿no?

Caleb tardó un segundo en contestar:

–Sí.

–Quiere que la llames.

–Alyssa, espera... deja que te explique.

–Creo que tu abuela me ha explicado todo lo que necesitaba saber. Me has estado usando para dirigir la empresa mientras te hacías pasar por un alto ejecutivo –replicó ella, intentando contener las lágrimas–. Nunca había prestado mucha atención a las cosas que decían en los periódicos sobre Owen Larson y sus escapadas amorosas... pero debería haberlo hecho. A lo mejor así habría reconocido al padre en el hijo y no habría hecho el ridículo.

–Alyssa...

Sacudiendo la cabeza para disimular las lágrimas, ella no lo dejó hablar:

–Sólo puedo imaginar lo patéticamente necesitada que he debido parecerte. La chica de las gafas y la ropa ancha cuya vida entera consiste en trabajar... Pero eso ya da igual –dijo entonces, levantando orgullosa la cabeza–. Por favor, dile a tu abuela que no quiero ni necesito compensación alguna.

–¿Compensación?

–Supongo que ella no sabe que tú ya habías decidido cuál sería la «compensación» por mis servicios.

–¿Cómo puedes decir eso, cariño? –murmuró Caleb, tomando su brazo.

–No me llames así –exclamó ella, soltándose–. No vuelves a llamar así nunca más.

–Maldita sea, Alyssa, escúchame.

–¿Por qué iba a escucharte? No has sido sincero conmigo hasta ahora. ¿Por qué iba a creerte?

–Tienes que calmarte y entrar en razón.

Haciendo un esfuerzo para no ponerse a llorar, Alyssa levantó la mirada.

–No tengo que hacer nada, señor Walker. Y eso es exactamente lo que pienso hacer.

Le temblaban las piernas, pero volvió al dormitorio para guardar sus cosas en la bolsa de viaje y luego llamó a un taxi.

Cuando salió al pasillo, Caleb estaba esperándola. Se había puesto una camisa de cuadros y unos vaqueros gastados...

Si pensaba que con esa imagen de buen chico del sur iba a conseguir algo, estaba más que equivocado.

–Perdona, ¿me dejas pasar?

–Yo te llevaré a Albuquerque.

–No, gracias.

Caleb se cruzó de brazos.

–¿Y cómo piensas volver a tu casa?

–Iré andando si no hay más remedio. Pero eso no es asunto suyo, señor Walker.

–No seas tan cabezota, Alyssa. Tienes que escucharme...

–Ya le he dicho que no *tengo* que hacer nada –lo interrumpió ella, temblando.

Después, abrió la puerta y salió dando un portazo. Sólo entonces se acordó de que había olvidado a Sidney en el salón. Pero no podía volver a buscar a su periquito. Tendría que llamar más tarde para pedirle a Caleb que lo llevara a la oficina.

Ahora mismo lo único que deseaba era poner la mayor distancia posible entre los dos.

Si volvía, Caleb se daría cuenta de que estaba locamente enamorada de él. Y eso era algo que pensaba esconder hasta el día de su muerte.

Caleb se quedó mirando por la ventana mientras Alyssa entraba en el taxi. Debería haber salido tras ella, debería haber intentar explicarle lo que había pasado, convencerla de que no se había acostado con ella como compensación por los servicios prestados...

Qué idea tan absurda.

Tenía intención de confesarle quién era la noche anterior, pero cuando llegaron al dormitorio se olvidó de todo e hicieron el amor hasta que los venció el sueño. Luego pensó decírselo por la mañana, mientras desayunaban, pero la llamada de su abuela había dado al traste con todo.

Era una complicación, desde luego, pero no pensaba tirar la toalla.

Alyssa necesitaba algún tiempo para calmarse. Y él necesitaba hacer planes.

Si había heredado algo de su abuela materna, era la determinación. La vieja no había llegado tan alto por casualidad y él pensaba usar esa herencia genética para ganarse el corazón de la mujer de su vida.

Capítulo Diez

Alyssa se secó las lágrimas por enésima vez mientras miraba las paredes de su casa. Había esperado que Caleb la llamase el lunes después de ver su carta de dimisión sobre la mesa, junto con la petición de que dejase a Sidney al cuidado de Geneva, pero no había llamado. Ni el lunes, ni el martes, ni el miércoles. De modo que le daba igual que se hubiera ido de Skerritt y Crowe. Y estaba claro que tampoco pensaba devolverle a su periquito.

–Lo mínimo que podría hacer es devolverme a Sidney –murmuró Alyssa, volviendo a sonarse la nariz.

Cuando sonó el timbre, dejó escapar un suspiro. Seguramente sería de nuevo la señora Rogers. La pobre mujer la había visto llegar a casa el domingo con los ojos llenos de lágrimas y desde entonces pasaba por allí al menos dos veces al día para darle ánimos.

–Estoy bien, señora Rog... Tú no eres la señora Rogers.

El joven pelirrojo con uniforme de mensajería que había en la puerta sonrió.

–No, me temo que no. ¿Es usted la señorita Merrick?

–Sí.

–Tengo un sobre para usted. ¿Le importa firmar aquí?

Alyssa iba a darle las gracias, pero el chico ya había subido al camión de reparto y desaparecía al final de la calle. Por lo visto, se tomaba muy en serio lo de trabajar para la empresa de mensajería más rápida del país.

Entonces miró el remite del sobre. ¿A quién conocía ella en Wichita, Kansas?

El corazón de Alyssa empezó a latir a toda velocidad. El cuartel general de Emerald, S.A. estaba en Wichita...

Si Emerald Larson le había enviado un cheque como compensación por sus servicios, se lo devolvería a tal velocidad que parecería como si nunca hubiera salido de su despacho.

Pero cuando sacó los papeles se quedó de piedra. Era su carta de dimisión junto con una carta escrita a mano por Emerald Larson:

Querida Alyssa,

Para que tu dimisión de Skerritt y Crowe sea efectiva tendrás que traérmela en persona. He pedido que un coche vaya a buscarte a tu casa mañana a las ocho. Por favor, sé puntual. El jet de la compañía estará esperándote en el aeropuerto para llevar-

te a Wichita y devolverte a Albuquerque al final del día.

   Atentamente,

   Emerald Larson

Alyssa tuvo que dejarse caer en el sofá, incrédula. ¿Por qué quería verla personalmente Emerald Larson? Pero daba igual. Iría a Wichita si así podía divorciarse profesionalmente de Skerritt y Crowe y del fiasco con Caleb.

Y luego pasaría el resto de su vida intentando olvidar al único hombre al que había amado de verdad.

–¿Quién es tu espía en Skerritt y Crowe, Emerald? –preguntó Caleb–. Y no me digas que no tienes espías porque no voy a creerlo. Alguien tiene que estar pasándote información o no habrías sabido que Alyssa y yo somos un buen equipo.

Su abuela ni siquiera intentó hacerse la ofendida.

–¿Eso importa, cariño?

–Sí, claro que importa. Dijiste que podríamos dirigir las empresas como quisiéramos, que tú no te meterías en nada. Y, por supuesto, no es verdad.

–Yo no he interferido en absoluto con la dirección de Skerritt y Crowe, querido. Sólo quería saber cómo iba todo.

–¿Y no se te ocurrió preguntarme?

Emerald Larson se llevó una mano al pelo de color platino.

–Quería una opinión desapasionada.

–Emerald, si vuelves a meterte en la dirección de Skerritt y Crowe, no podrás contar conmigo, te lo advierto. Son buena gente y no quiero que les hagas daño con tus «experimentos».

–Muy bien.

–Y otra cosa: si me entero de que ese alguien sigue pasándote información, se acabó. Me vuelvo a Tennessee. Y no te molestes en hacerme más ofertas porque las rechazaré todas.

Para sorpresa de Caleb, Emerald sonrió.

–No esperaba menos de un nieto mío –contestó, mirando su reloj de diamantes–. Alyssa Merrick está a punto de llegar. ¿Seguro que no quieres que me quede? Podría explicarle muchas cosas sobre tu padre.

–No, gracias. Traerla hasta aquí ya es más que suficiente. A partir de ahora, yo me encargo de todo.

–Bueno, si no me necesitas...

–No. Yo me he metido en esto y yo tengo que salir.

–Espero que esa jovencita se dé cuenta de que eres un buen hombre, Caleb. Que tengas suerte, hijo.

Caleb se quedó mirándola con cara de sorpresa. Porque parecía haberlo dicho con total sinceridad.

–Gracias... abuela.

***

Cuando Alyssa salió del ascensor en la sexta planta de la torre Emerald, un señor de aspecto distinguido estaba esperándola.

–Señorita Merrick, sígame. Soy el ayudante personal de la señora Larson, Luther Freemont.

–Gracias.

Luther la llevó a una hermosa oficina con puertas y muebles de caoba y le indicó que tomara asiento.

–Espero que la reunión sea satisfactoria para todos, señorita Merrick.

–Muy amable.

¿Por qué había dicho eso? ¿Intentaría la señora Larson convencerla para que volviera a Skerritt y Crowe?

Si era así, iba a llevarse una desilusión. La decisión estaba tomada y no había vuelta atrás...

–Buenos días, Alyssa –oyó entonces la voz de Caleb.

Ella se levantó, estupefacta.

–¿Dónde está la señora Larson?

–Supongo que estará por ahí, en alguna oficina –contestó él con una sonrisa en los labios.

–Lo siento, esto no puede ser...

–Alyssa, por favor. Tienes que escucharme. Si no me crees, luego podrás hacer lo que quieras, pero te ruego que me escuches.

–¿Es la única forma de que aceptes mi dimisión?

146

–Me temo que sí, cariño –contestó él–. Siéntate.

–Prefiero quedarme de pie.

–Esto podría durar un rato.

Alyssa negó con la cabeza.

–Caleb, esto no servirá de nada y...

–Yo creo que sí –la interrumpió él, cruzándose de brazos.

Ella dejó escapar un suspiro.

–Muy bien. Pero date prisa, no me apetece estar aquí una hora.

Caleb se sentó a su lado en otra silla y carraspeó, nervioso.

–Todo lo que te he contado sobre mí mismo es verdad, Alyssa. Crecí en una granja en Tennessee y tengo dos hermanastros, Hunter O'Banyon y Nick Daniels. No te he mentido...

–¿No?

–He omitido algunos datos, eso sí.

–Desde luego que sí –replicó Alyssa, indignada–. Y me dijiste que habías estudiado en la universidad de Tennessee.

–No te dije eso. Dije que no había ningún equipo de béisbol como el de la universidad de Tennessee –suspiró él–. No estoy orgulloso de lo que he hecho, pero era más fácil dejar que tú sacaras conclusiones que contarte la verdad. No es fácil admitir que no tengo una educación superior. Conseguí una beca para ir a la universidad, pero mi abuelo se puso enfermo y tuve que quedarme en la granja, trabajando. Y luego no tenía dinero para pagarme los estudios...

–Puedes hacer una carrera a la edad que quieras.

–Y eso es lo que pienso hacer. Me he apuntado a un curso de dirección de empresas. Iré a las clases nocturnas.

Alyssa tuvo que tragar saliva. ¿Por qué la llenaba de ternura aquel hombre?

–Pero no entiendo... ¿cómo es posible que no pudieras pagarte la universidad si eres el nieto de Emerald Larson?

–Porque no supe que lo era hasta hace un mes. Hasta entonces, ni mis hermanastros ni yo sabíamos quién era nuestro padre. Owen Larson era un famoso mujeriego, ya sabes...

–Sí, sí, lo sé –murmuró Alyssa.

–Luther Freemont apareció un día en la granja para decirme que tenía que ir a Wichita, Kansas, y cuando le pregunté para qué, él me contestó que no podía decírmelo. Así que le mandé al infierno y seguí trabajando con mi tractor.

–Pero veo que él insistió.

–Mi madre me dijo que había llegado el momento de saber quién era mi padre y... bueno, por eso vine.

–¿Tu madre no te había dicho quién era tu padre?

–No.

–¿Y tu abuela? ¿Nunca se preocupó por vosotros?

–Ella sabe que cometió un terrible error dándole a Owen todos los caprichos y pensó que tendríamos más oportunidades de convertirnos en hombres de provecho si crecíamos sin saber quién era nuestra abuela. Aunque parezca absurdo, Emerald estaba intentando protegernos. No es fácil ser el nieto de una de las mujeres más ricas del mundo...

–No, claro –murmuró Alyssa, irónica.

–Tú sabes a qué me refiero.

–Sí, lo sé. Pero no entiendo por qué tu madre no te dijo quién era tu padre.

Caleb dejó escapar un suspiro.

–Mi madre trabajaba en un hotel en Nashville y era una chica de campo, ingenua... a Owen no le resultó difícil conquistarla. Cuando desapareció al saber que estaba embarazada, Emerald se puso en contacto con mi madre y le prometió que recibiría una pensión mensual para cuidar del niño. Lo único que le pedía era que no me dijera quién era mi padre. Incluso la obligó a firmar un documento por el que se comprometía a no divulgar el nombre de Owen Larson o yo perdería todos mis derechos. Con las madres de Hunter y Nick pasó lo mismo.

–Ya veo –murmuró Alyssa.

Nadie con dos dedos de frente querría que su hijo creciera siendo un irresponsable, un frívolo y un mujeriego como había oído que fue Owen Larson antes de morir en un accidente con una lancha motora seis meses atrás.

149

Pero lo que Emerald Larson le había hecho a esas mujeres era un chantaje.

–¿Y tu madre nunca le dijo a nadie quién era tu padre?

–No. Ella quería asegurar mi futuro y sabía que siendo nieto de Emerald Larson lo tendría asegurado algún día. Ya sabes cómo son las madres.

–Sí, bueno...

–Perdona, perdona, ya sé que la tuya murió cuando eras muy joven –se disculpó Caleb entonces, apretando su mano. Pero Alyssa la apartó a toda velocidad–. En fin, cuando Nick, Hunter y yo llegamos a Wichita y Emerald nos dijo que iba a darnos una empresa a cada uno, yo estuve a punto de rechazar la oferta porque sabía que no podría dirigir una asesoría financiera.

–¿Y por qué cambiaste de opinión?

–Porque recordé lo que mi madre había soñado para mí, cuánto se había sacrificado para que yo tuviera una vida mejor...

–Sí, te entiendo.

–Por eso empecé a leer libros sobre dirección de empresas, el trato con los empleados y todo eso...

–Y lo has hecho muy bien. Todo el mundo en Skerritt y Crowe está más contento ahora –lo interrumpió Alyssa.

–Eso espero.

–En fin... bueno, pues te deseo mucha suerte –dijo ella entonces, levantándose.

Caleb se levantó también.

–Aún no te he contado lo más importante, Alyssa –murmuró, abrazándola.

Por un segundo, sólo por un segundo, se dejaría abrazar, pensó ella. Porque pensar que jamás volvería a verlo cuando saliera de allí era una tortura insoportable.

–Caleb...

–No llores, cariño. ¿Quieres saber qué pasó cuando llegué a Skerritt y Crowe? Que me enamoré de ti. Nada más verte con aquel traje ancho y aquellas gafas que usabas para que los hombres no te mirasen...

–No es verdad.

–Me enamoré de ti, aunque no lo supe hasta más tarde... hasta aquel fin de semana –insistió Caleb–. Por favor, créeme.

Alyssa se apartó un poco para sacar el pañuelo del bolso.

–Yo... cometí un error una vez. Me enamoré de un compañero de trabajo que sólo estaba conmigo para sacarme información. Él consiguió el ascenso que los dos buscábamos y yo me convertí en el hazmerreír de la oficina...

–Alyssa, lo siento...

–Supongo que al descubrir quién eras, pensé que contigo había pasado lo mismo.

–No es eso, de verdad. Te necesitaba y te necesito en Skerritt y Crowe porque sin ti estaría perdido. Pero te necesito en mi vida también, Alyssa –le imploró Caleb–. Te quiero, estoy loco por ti. Y haría lo que tuviera que hacer para recuperarte. Lo que tú me pidas...

–No voy a pedirte nada, Caleb.

Él bajó la cabeza, dolido.

–¿Sigues pensando que me he aprovechado de ti?

–No.

–¿No?

–No. Y yo también te quiero –le confesó Alyssa–. Por eso salí corriendo, porque te quiero. Porque te quiero tanto...

Caleb no le dejó terminar la frase. La abrazó con todas sus ganas, riendo, y luego sacó un anillo de diamantes que llevaba en el bolsillo y se lo puso con manos temblorosas.

–Quiero pasar el resto de mi vida demostrándote lo que significas para mí, cariño. Alyssa, ¿quieres casarte conmigo?

Ella tenía el corazón lleno de amor, de modo que sólo había una respuesta a esa pregunta:

–Sí.

–Cómo te he echado de menos...

–Y yo a ti.

–Sidney también te ha echado de menos, por cierto.

–¡Sidney! ¿Se puede saber dónde está mi periquito? –rió Alyssa.

–Es mi prisionero. Pensaba retenerlo hasta que dijeras que sí –contestó Caleb con un brillo travieso en los ojos.

–No podía decirte otra cosa –sonrió ella–. Por cierto, el anillo me queda perfectamente. ¿Cómo has sabido...?

—Después de comprarlo, Emerald me dijo que se lo diera y ella se encargaría de comprobar el tamaño.

—¿Cómo? Si sólo hemos hablado por teléfono.

—No tengo ni idea, pero mi abuela es capaz de todo. Ven, quiero presentártela y luego nos iremos al aeropuerto. Hay algo esperándonos en casa.

—¿Qué?

—Un jacuzzi.

—Me gusta la idea. Y te quiero con todo mi corazón, Caleb Walker.

Su tierna sonrisa iluminó hasta el último rincón del corazón de Alyssa.

—Yo también te quiero, Alyssa Jane Merrick. Y ahora, vamos a casa. Hemos dejado muchas cosas pendientes.

Epílogo

—¿Cuánto tiempo debo esperar? —preguntó Caleb, nervioso.

—Te juro que si no dejas de pasear, Hunter y yo vamos a atarte —contestó su hermano.

Hunter miró su reloj.

—Tienes aproximadamente quince minutos de libertad. Aún puedes salir corriendo.

—De eso nada. Alyssa es la mujer de mi vida y no pienso perderla por nada del mundo.

—¿Cuándo firmará el contrato como directora general de Skerritt y Crowe?

—En cuanto volvamos de la luna de miel en Bahamas —contestó Caleb—. Y cuando yo tenga el título universitario, la llevaremos juntos.

—¿Y a Emerald le ha parecido bien? —preguntó Nick.

—Fue ella quien lo sugirió —murmuró Caleb.

Mientras miraba a los invitados, sentados bajo el viejo roble al que había trepado de pequeño, no pudo dejar de sonreír. Allí estaban su madre y sus abuelas, charlando animadamente. También habían ido algunos emplea-

154

dos de Skerritt y Crowe, sus amigos de la infancia... la gente a la que él quería.

Sólo faltaba la novia, que estaba saliendo de la casa en ese momento, del brazo de Malcolm Fuller.

Alyssa llevaba un vestido de satén y encaje blanco y nunca le había parecido más radiante.

Malcolm se apartó cuando llegaron a su lado y Caleb tuvo que carraspear, emocionado.

–Te quiero, cariño. ¿Lista para convertirte en la señora Walker?

–Llevo esperando este momento toda la vida –susurró ella.

–Hacen una pareja estupenda –estaba diciendo Emerald.

–Desde luego –asintió Luther Freemont.

Mientras veía a su nieto levantar el velo de la novia, Emerald sonrió, feliz. Había hecho bien emparejando a Caleb con Alyssa. Desde que habló por teléfono con la joven se quedó impresionada por su inteligencia y luego, después de comprobar los informes, supo por instinto que estaban hechos el uno para el otro.

Caleb era un líder natural, aunque sin formación, y Alyssa era una mujer inteligente y sensible. Una pareja perfecta, sí. Y le darían unos bisnietos perfectos, además.

Muy contenta con el resultado de su primera aventura casamentera, Emerald se volvió para mirar a Hunter y Nick. Aquello sería más difícil porque los dos tenían un pasado que olvidar antes de encontrar la felicidad.

Pero no le preocupaba. Luther y ella estaban investigando y, en un par de meses, estaba segura de que encontrarían lo que buscaban.

Cuando Caleb y Alyssa se convirtieron en marido y mujer, Emerald se volvió hacia Luther con una sonrisa de satisfacción en los labios.

–Uno menos. Nos quedan dos.

***

En el Deseo del próximo mes titulado
Años de amor
podrás conocer la historia de Nick.

Deseo®

La aventura del amor

Jill Shalvis

El experto en búsqueda y rescate Lo-
gan White estaba acostumbrado a
trabajar en condiciones de mucha tensión. Por eso era tan importante que
se tomase aquellas vacaciones para
irse a esquiar. Sabía que necesitaba
desconectar, pero puesto que se veía
incapaz de hacerlo, aquellas vacaciones iban a ser una pesadilla.
Entonces conoció a Lily Harmon y
todo cambió...

**Un amante del peligro como él acababa de encontrar
la horma de su zapato...**

Julia®

Lo primero que dijo el millonario Wade Harrison al despertar tras el trasplante de corazón, fue: «Dale un abrazo a mis
hijos». Pero él no tenía hijos. Convencido de que su nuevo
corazón le estaba pidiendo que cuidara de los hijos del do-
nante, Wade viajó a Tribute, Texas, para encontrar a la bella
madre, Dixie McCormick, una mujer que le aceleraba el
pulso con sólo mirarla.

Había algo en aquel guapo desconocido que a Dixie le resultaba familiar, así que decidió darle un trabajo en su cafe-
tería. Cuando Wade por fin le confesó la verdad, Dixie no
sabía qué pensar… porque ya se había enamorado de él…

Conquistar a una mujer

Janis Reams Hudson

**Se enfrentaba a una difícil
decisión: volver a su vida en
Nueva York, o seguir a
aquella mujer…**

Bianca®

**Después de dieciséis años,
seguía haciéndole sentir lo mismo...**

En cuanto descubrió que
tenía una hija de la que no
sabía nada, Lucio Masterton
reaccionó de inmediato. Lo
primero que tenía que hacer
era enfrentarse a la madre,
Kirstie Rivers, y descubrir
por qué lo había engañado.

Kirstie creía que Lucio
sólo deseaba una cosa: dinero. El millonario le había
hecho mucho daño y no
quería que su hija pasase
por lo mismo.

Sin embargo, bajo el sol
de España, Kirstie iba a descubrir lo difícil que resultaba
resistirse a los encantos de
Lucio... y al placer que le
daba.

Bajo el sol

Margaret Mayo